國立中央圖書館出版品預行編目資料

山水的約定／葉維廉著. --初版. --臺北市：東大發行：三民總經銷，民83
面；　　公分. --（滄海叢刊）
ISBN 957-19-1658-7（精裝）
ISBN 957-19-1659-5（平裝）

855　　　　　　　　　　83002154

© 山　水　的　約　定

著作人　葉維廉
發行人　劉仲文
著作財產權人　東大圖書股份有限公司
總經銷　三民書局股份有限公司
印刷所　東大圖書股份有限公司
復興店／臺北市復興北路三八六號
重慶店／臺北市重慶南路一段六十一號
郵　撥／[illegible]
初　版　中華民國八十三年五月
編　號　E 85251①
基本定價　肆元陸[illegible]
行政院新聞局登記證局版臺業字第[illegible]九七號

ISBN 957-19-1658-7（精裝）

散文與我

——《山水的約定》序

我在一九七七年開始寫散文，第一篇就是收在《萬里風煙》裏的〈海線山線〉，那時我已經寫了約莫二十五年的詩了。在〈海線山線〉出來的時候，有不少朋友把它視爲「異類」，大概是因爲行文中穿插了很多詩或詩的段落，有些朋友乾脆說，這些只是我詩的延伸，不能說是純粹的散文。說是詩的延伸，也不是毫無道理；但說這話的朋友，指的大概是我用的形式，不是指我散文中有詩的語句和詩的意境，因爲中國的散文，不論古代現代，都有不少詩的活動的痕跡。古代如王維的〈山中與裴秀才迪書〉、如歐陽修的〈秋聲賦〉、蘇東坡的〈前、後赤壁賦〉，如明人試茶、鼓琴、候月、聽雨、觀花、高臥、釣魚、詩畫、漱泉、山居、品茗、禪悅的小品，着着都見詩句詩意的躍動，近人如魯迅、徐志摩、梁遇春、梁實秋到臺灣的林文月、余光中、楊牧、蕭白、簡媜……等，只要在傾向抒情的作品裏，都洋溢着詩句的雕鐫和意境的刻劃，事實上，明人小品的許多母題，也都一再被現代的散文家重寫，往往也都是詩句詩意盎然。

我在〈海線山線〉以還的一些篇章裏，用了詩文交錯的形式，最早是受日本俳句大師芭蕉的〈奥の細道〉的激發。他向北面小村古鎮行進，一路記事和寫俳句，也就是遊記裏加上了詩。但芭蕉心在俳句，遊記方面大多是平平的敍述，行文中不大有詩句、詩境的揮發，譬如下面一段：

山形域內有立石寺與雲山寺，慈覺大師所開基，殊清閑之地也。人人皆云此寺非看不可，遂向尾花沢返行約七里。至，日已暮，置宿麓坊後，上山堂，但見山岩重重、松柏古老、土石蒼然苔滑。岩山院扉緊閉，奇靜。沿岸禮拜佛閣，佳景寂寞心馳。

閑さや岩にしみ入蟬の聲

（意譯如下：

寂寂山岩：

滲

入——

蟬聲）

散文與詩，涇渭分明。

也許因爲我一向喜歡蘇東坡的〈前赤壁賦〉的關係，也許在我自己品味的形成過程中，一向偏愛文賦中的既文亦詩，既詩亦文的雙重性格，偏愛其雖依序次的時間進行，而往往在某一特有的瞬間，能一觸而發，作無限空間的延展，使到經驗和感受因之被提昇到某種高度、某種濃度，使我們與物冥契，使我們神與物遊。

> 白露橫江，水光接天，縱一葦之所如，凌萬頃之茫然，浩浩乎如馮虛御風，而不知其所止……

也許是因爲這種偏愛，我雖然受到芭蕉〈奧の細道〉的激發，但我無法滿足他詩文涇渭分明的做法，因此我無意中走上了現代文賦的構想。在形式上，表面是近似芭蕉的詩文相間（但我不用俳句），但事實上，散文的行文中亦有詩，詩中亦有文；把詩凸顯，是要凸顯一些入物入神的瞬間。這大概是當時採取了這個寫法的緣由。

朋友說我的散文是我詩的延伸，對我部分的散文來說，言之亦成理。大抵在那時，我確有過一些美學的思考。我後來在一篇〈閒話散文的藝術〉裏，談到現代詩人的一種情況：爲了對抗科學至上主義、工具化理性高昇中物化、商品化所帶來語言的單面化、平庸化，現代詩人走上濃縮與多義的獨特語言之路，而和大衆工具化了的語言的認識形成了一種「隔」。傳統散文中的既文亦詩，既詩亦文的雙重性格，正可以成為一種破「隔」的引橋。散文接近日常語，流動性自然，可以即興，話頭可以隨時轉變，對於聲音的語調和情緒較易掌握。但散文可以鬆可以緊，可以直敍引帶讀者進行，以親近親切的聲音；也可以隨着情緒、意境逐漸濃縮，作重重指涉，活動似詩，令人駐足暇思、探索、回味，甚至如詩一樣，把意象壓縮，中間留下許多活動的空隙，任讀者進入遨遊。散文既可直敍易明亦可含蓄凝射，既可作美學的討論亦可作純粹境界的呈示。我當時的一些散文，有這樣的嘗試，用一般讀者熟識的語言和語態引帶他們慢慢進入詩的活動裏，當情緒、氣氛和脈絡都準備好了，那時一首詩出現，讀者便容易溶入，或與我並肩遨遊。我確曾有這樣的構想，當然我不敢說每次都成功。

不過，自從開始寫散文以後，情境的變化帶動形式的變化。寫兒時的追憶，寫親友離世的思懷，雖然也有詩的感動，有些記憶，甜的苦的，雖然也濃如蜜如酒，雖然有時我還訴諸類似音樂漸次增長、重覆、廻環、變化、來來回回的迂迴推進以及若斷若續那種類似詩的活動，但詩文相間的形式，在這些情況下，一不小心，便易失眞作假，所以我便沒有繼續那種寫法，而轉向其他的策略，包括利用「戲劇獨白」特有的聲音和語調，借助印象派畫的筆觸與色彩光線的玩味，或把其他詩人、作家對某一個城市的印象再現，如我在《歐羅巴的蘆笛》裏寫法國的郊野和英國便是。

其實，我蠻相信內容決定形式這一個簡單的結論的。某些內容確實會引發一種展張的邏輯與脈絡。譬如我後來到印度，對於我們舉目皆是的一種非人的生活情況，對於那種被種性階級「卡死」的生命的無奈，我們幾乎無法不投入人性的關懷、批判和對第三世界的一些問題，對如何可以發掘及重建深層人性這一課題作沉痛的思索。

山水的約定

目次

第二輯 臺灣山水的約定

第三輯 歷史的探索

第四輯 思懷・文化感受

第一輯

兒時追憶

飢餓，豈是太平時代的人可以了解的！

童年的記憶是戰爭的碎片和飢餓中無法打發的漫長的白日和望不盡的廣東中山南方的天藍。我始終沒有嘗到每天下午經過我們村屋茅棚邊叫賣的泥黑的甜餅。我說：「媽媽，才五毛錢，給我一塊好嗎？」媽媽在一天的小買賣後的疲倦裏只能用淚水支撐著笑來安慰著我。豈止白天是漫長的，夜，夜眞美啊，南方的夜裏什麼星都可以看到，但，夜是多麼漫長啊！媽媽原是大城香港的閨秀，是眞眞正正幫助生命帶到人間的接生婦，（想想，我們這些用文字來發思情的詩人又算得什麼呢！）媽媽，就依著一點點恐懼的星光，冒著日本人突如其來的炮火，冒著野林裏埋伏的強盜的襲擊，翻山越嶺去爲一個忍受了一天的腹痛的農婦接生。我竟也不懂得憂慮，不停的向癱瘓在床的爸爸追問：媽媽，她怎麼還不回來呢？爸爸便以他以前遠遊支那半島的異跡，把他奮鬪的克難的意志來激發我們兄妹四人幼小的心靈，把漫長的夜塡滿了他抗日的無人會記得的英勇事蹟……

童年是孤獨的痛苦的碎片。

堤岸上，安靜。堤岸上，忙亂。

砰然。一棵大樹被炮火劈開，血的頭顱滾在他爸爸的身邊。

走入山谷。老師說。伏在地上，把身體貼在牆上。我們依着爆炸聲的方向辨別出海而去的敵機。

爸爸說，把這一盤飯送入養鷄房裏去，叫大哥二哥不要作聲。

砰然，屋角塌下，壓死了一頭母猪，一羣小猪撫屍而哭。隔壁愛罵人的桂山婆也哭了，我的田地呀！

叮叮，腳鐐，叮叮，鋤頭向頑石。叮叮，黑色的長長的彎洞，泥土的氣味，山的氣味，窒人的氣味。那時，那時我幾歲？那時，那時我怕蛇，蛇，蛇，多利，多利，去咬蛇。

飲一杯鹹水，飲一杯蘿蔔水，我吃錯了藥，大哥半夜到田裏去沾一身泥水把蘿蔔找到，祖母唸唸有詞。死是什麼啊，我幼小的心靈刻刻的靜觀我感官的變化……撒了一夜的尿，好了。再看漫天整夜不滅的星，看五月不停的黃梅雨，和巨大無邊的孤獨——和我爸爸的引入無極的憂不勝憂、樂無從樂的無助與無聊。

蘆溝橋的殘殺是長大以後才讀到的，但我年幼的心靈中的碎片又何嘗不是蘆溝橋的顫慄呢。我兩個哥哥在每天忍受鷄糞的臭味之後是逃過了掘山洞掘戰壕的酷刑，但我無千無萬的其他的兄弟們呢！死亡，豈是太平時代的人可以了解的！死亡，是天天橫陳在市街通衢沒有接受儀節的捨棄。飢餓，豈是豐衣足食的時代的人可以了解的！飢餓，是天天在村路上的行屍。飢餓，是每一個清晨翻起垃圾尋食的野狗。只有曾經飢餓的人才會了解我在吃到了一頓蕃薯煮爛飯時，那份快樂與感激和對那份飯香的讚賞。

一九七五年三月三日

讓陽光的手指彈我們一根一根的肋骨

走吧，我們一根扁擔兩個籮，手提著一根耙子，便穿過狹窄的巷子，由東門踏上阡陌縱橫的田徑，微風把鳥聲一浪一浪的拂著稻香而來，我們的腳步踏著溪水斷續的淙淙。我們胸中沒有文字、沒有音符、沒有色彩。我們行行止止，因行而行，因止而止。什麼是樂音，我們不知道，什麼是顏色，我們不知道，什麼是美，我們不知道，我們只知道快樂，不期不欲不夢不求的一步步踏出來的快樂。我們哼、我們唱；哼什麼、唱什麼，我們不知道，我們不在乎，身體的移動，腳步的移動，兩個籮前後的搖幌，隨著血脈的運行而震盪了聲帶，哼什麼，我們不知道；唱什麼，我們不知道，我們不在乎……

「大頭仔！我們不要到尼姑谷裏去拾取落葉，雖然，我們可以大樂一場，跳過溪石去追逐野兎，去拉長我們短小的雙足，去跨入斜坡上閃著晶光的太陽的柔軟的長草叢，一直滾下去，滾、滾入汎着水氣滴著山汁的深長的洞穴，臥在陰涼而使我們渾身溫熱的石上，靜聽谷底的泉湧應和著遠山外斷雷似的拍岸的濤聲……

「大頭仔！我們今天不要去尼姑谷那充滿著神奇和幻想，由蝙蝠穿飛出許多驚怖而刺激的鬼影的、不知引向何處的山洞……雖然，有一天，我們也會，像那個有恒心的和尚那樣，穿透那山的內臟而從山的另一面出來，或許，或許，那邊有另一種陽光，另一種海洋，另一種我們小孩子不了解的快樂……

「大頭仔！我們今天不去……

「讓我們，像去求仙的王子一樣，攀過藤蘿和絕壁，爬過那傳說重重的雙乳的山頭——我們且忘記那專割婦人雙乳的大海盜張保仔！況且，那是很久很久以前的事了。讓我們在那狹長的分水嶺上，像每年從遠地來到村莊裏表演的高空的走索者一樣，把我們的黑色的身影印在藍天上。我們今天不去耙松針，讓我們沾滿了松綠和樹脂的香氣的肩上，挑兩籮滿滿的白雲，小心翼翼地走完那天之脊骨，一直走到那我們仰望了好多年的去天一握的和尚頂，然後把白雲傾下，看它飄到那一家茅屋的屋脊上，給那個在溪邊用手做成一個杯子舀水喝的姑娘看見她鬢邊一朵白花。噢，不要問我為什麼，為什麼為一個不知名的姑娘傾出這朵雲花！也許是為了補風景裏的一個缺口，也許是……這都不重要，我們只要把雲傾盡，然後把汗衫脫下，揮動那稀薄的松綠和樹香的空氣，然後便坦臥在那峯頂上，讓陽光的手指彈我們一根一根的肋骨……」

一九七五年四月二十四日

比曙光起得還早的厨房

雖然在白天，偌大無比的炭黑無窗的厨房，長年都彷彿在層層黑色的棉花的包裹裏，柴火和乾草的氣味，沿著那烟薰了許多代的牆壁衝著鼻子而來，尤其是在入夜時在木桶裏洗浴的時候，其氣味更加鮮烈。或許是天花板上的蛛絲把煙煤串起的關係，極靜中還是可以聽見一些搖拂的微響。

偶然天窗打開，一條斜斜的塵屑翻飛的圓筒的光柱由屋頂上的天空擲下來，四面濺起許多光影；那時，從那大灶的蒸籠上面，跳下四五隻被陽光驚醒的貓，弓一弓腰，再用舌頭舔洗牠們的毛髮，如是，厨房頓然有了形體和空間，如果此時沏茶的水燒開了，呼嘯著白色上冲的水蒸氣，厨房便眞正的活起來了，豆小的油燈便有了律動的搖晃；如果此時，抓一把洗切乾淨的豆角，連帶水分，喳的一聲向熱騰騰的油鍋洒去，那才眞是有聲有色的舞蹈，炒菜的鏟子一起一落，是另一種指揮棒，由我那不曾學過音樂的母親的手揮動著……

往往比曙光起得還要早，厨房搶先的放出光明和溫暖，把碎嘴的晨星逐走，替晨曦開路，替我們抹去在我們胸脯上壓了一夜的沉重的夢的色澤，厨房，在母親的催促下，把碗筷匙盤，晨操似的把它們喚醒，像儀仗隊急促的旋律，宣告一天的將臨，讓我們隨著鏗鏘的洗、碰聲，把眼瞼睁開，在泛白在低空的月亮翻起窗帘的時候，看見了天空初次放出的紅暈，一隻隻無聲的紅雀，飛馳過南面山的肩頭，而突然驚醒在樹頂鬧市似的喃唱……那時，大灶裏必必剝剝的火星從烟囱裏升起，好比向諸侯宣請大家準備又一天的戰爭……

關於白日夢……

關於午後的打呼嚕……

或者

由大榕樹隨着微風吹送給田疇上稍作休息喝着一碗熱茶的健壯的青年的一些隱隱約約斷斷續續的笑聲和彈詞的律音。

或者，在日入後，嗆的一把蕃薯葉向熱騰騰的油鍋，而一把炒菜的鏟子，像夜空中一把燦爛的杓子，由我那不曾學過音樂的母親的手揮動着……。

一九七五年五月一日

天之水濯我身

春天一過，知了把熱氣從地面提升到葉叢間，再發散到太陽的天空裏，從透明無色的空氣裏望入溪邊的山路，一層微微顫動的蒸騰，把空氣輕輕的皺成一些綢緞的搖拂的摺紋，山鳥，一隻兩隻三隻，趕著白雲，一朶兩朶三朶，刺破了天空的肌膚，把寧靜濺成無聲的浪花，好讓我們感到山偶然的波動。

水的初寒已經消失了。蝴蝶、蜂鳥、無名的飛蟲，趕集似的湧向水邊的高高低低的野花，它們有時過重的停駐把柔弱的花枝彎向水面，彈起水點，再由鳥爪帶入陽光裏，彷彿是由溪水裏拋出來的晶瑩的珠鍊。

此時由山凹裏走出四五個扛著兩箱雜貨的趕路人，他們大概剛剛由鄰村翻過了山頭，他們步伐加快，一臉的笑容，隨著眼前的河谷展開。他們看見了溪水，便停下步來，用雙手舀著水喝，

「好涼啊！」還記得那年來了一個賣陰丹士林布的行商嗎？我從未曾看見過有如此驚訝的眼色，敍述得如此激動的過路人。那次，他入得村來，三步作兩步的，一口氣趕到村中大榕樹下的市集，滔滔不絕，上氣不接下氣的說：「那涼水啊，我撿著一個牡蠣的殼，猛猛地舀了一殼來喝，你道是什麼奇蹟了，我整整喝了十分鐘，不知喝了多少口，總是沒有喝完，涼水好像不絕的泉水，由殼裏湧出來，而我，我好糊塗啊，我竟隨手把它往後一拋，不知落到那一角的稻田裏，當我想起時，已無法找到，想想呀，如果我們用它來舀穀米，甚至舀銅錢；想想呀，取之不盡啊……。」村人們都睜大了眼睛，孩子們一直追問那個牡蠣殼的模樣，在什麼地方，他們要好好的找，唉唉，怎麼遇到了神助也不知，眞是的！

類似的傳說便在不同的方式下，有增無減的神化的傳頌著，平添了村民們的夢的層次，在女人與斗斛之間竟然多了一隻色澤越來越鮮艷的牡蠣殼！

但這由天而降之水，由初夏盛夏一直到初秋，對我們小孩子來說，是放開一切牽掛無憂無慮的自由奔逐的象徵。一過了正午，便成羣結隊的，看牛的把牛拴住，撿柴枝的柴放下，鋤田的把鋤頭揷在田隴上，成羣結隊的，把衣服脫得一身精光，先在那悠長的一片白沙的溪上濺著水的追逐，然後合力用手挖沙建一道堤防，把蛇爬四散的溪水引向一深處，便開始洗濯我們的身體，或者游來游去，好不涼心！有時，我們把長褲的褲腳打結，然後握著褲頭提向水面猛力一拍，褲管便充滿了氣，可以權充浮水圈，躺在上面，漂來漂去，看白雲也躺在藍天上，漂來漂去，頓然我們也覺得輕起來了。但大多的時間，我們都在打水仗，你不要小看我的掌力啊，我擊起的水彈也夠瞧的。

如是，我們一玩就玩到下午，過路的商旅有時會停下來，探頭和我們說話，也給我們蜜餞山楂子之類的東西吃，有時我們就地取材，在田裏挖些地瓜啃啃，說多樂就有多樂。有時，過路的是幾個女的，大鼻子便總是出其不意的把他全裸的挺然的下身自水中躍起來，嚇得那幾個女的驚叫失色，嘴裏一連串的罵著：「咁衰㗎！咁衰㗎！」（粵語：好不要臉！）隨著大鼻子仰身的笑聲沉入水裏去。

由初夏盛夏到初秋，我們就是用天之水洗濯我們的身體的。興緻來時，我們提著衣服，穿過山谷的狹路，爬過幾個小山頭，沿溪而上，一直到水的源頭，坐在瀑布下，任水沖在肌膚上，靜靜的看遠天的雲起雲飛及穿空而滅的不知名的鳥。我最喜歡洗濯的地方，卻是在半途的由水沖岩石所構成的一個水簾洞，這個洞不爲外人所見，整天都把太陽和熱簾於洞外，清澈、陰涼、透明，水透明入我的肌膚，我的血脈再透明入清澈的水裏，我好比是透明的自然的不可分解的流動。難怪許多年後詩人方思說：「此時，我們不必要詩，這便是詩了。」詩，是生活中有了缺憾才產生的。君不見天降之水嗎？任天之水洗濯我們的身體吧，天之水濯我身天之水濯我身……直到永遠。

一九七五年五月二十六日

大姐，妳別急！

——冥路的燈亮起來了

讓勞動筋骨的、折腰的鋤土工作落在他們壯男的肩上，讓氣力的揮發汗水的蒸騰逐走他們心中的硬塊，看著稻穀搖曳著太陽風，坐在田隴的大樹下喝一口濃濃的溫茶，當犁牛反芻著早晨的草糧，沉入半睡的狀態時，讓他們壯男們打個午盹，夢昨夜我們給他們的柔雲的溫馨，讓他們夢著二十年來未有過的豐收，看著財源滾滾來貼著「常滿」的紅紙的糧橱而張口大笑，讓他們夢小小的一刻不傷自身不傷他人的淫蕩……但對於那些家中突發的奇病，不明不白的降於我們兒女身上的災難，對香燈無繼的憂慮，和祠堂裏許多悲劇的事情，我們無法讓他們擔當，是什麼緣由使這些不愉快的事情發生，我們要問個明白，我們要憑我們做妻子的一點女性的靈通的感受，和家中曾經是非常親密的亡魂通話。記著，他們用了肉身換來了能知過去未來的無窮的知力，讓我們藉著他們的全知全能，解除日夕纏繞著我們的鬱結，請他們給我洞視黑暗的將來的一線微光。

母親啊，妳當了解我們內心的困擾，我們怎能把這網結如麻的黑影投入我們的男人的心中呢，當他們爲著衣食如此地折磨著他們的身軀的時候，我們又怎麼忍心將一把黑星撒在他們的睡眠上？母親啊，我們把十柱香成排的點上，循著大門前的廣路，入那我們無從追跡的遠方，我們把米酒在奠列在靈前的酒旁，我們閉合雙目，散開頭髮，摒除一切思路和所有塵世的牽掛。無上的神祇啊，請引領我們的大姐入你們黃泉的冥路，把我們至親至愛的母親找到，我們是何其急切的知道這些悲劇發生的緣由，我們什麼時候修德未到？是如何的觸犯了神明？或切斷了祖墳的龍脈？或者啊，告訴我們，未經世故的我們如何疏於對妳的祭祀？此刻，我們已經抓不住地面，握不住廊柱，我們似飛欲升若沉復降，我們已經不能自已了。母親啊，快來快來，給我們一點定力，使我們在昏迷與甦醒之間，看到我們的過去，看到我們的影子走向沉淵的邊緣，驚覺自已歪曲了的倒影的蒼白。

啊，你終於來了，妳可認得我們是誰？對的，阿珠，阿秀，凝荷，對的，那妳便眞是我們的母親了，我們眞興奮！母親，冥間孤獨嗎？妳可消瘦了？什麼？黑風黑水難爲渡，飄若東西南北中，啊，一定是因爲我們沒有燒大船，一定是因爲我們沒有燒船夫，沒有給妳一盞燈。我們該死，誰不知道冥路是沉淵；我們該死，我們馬上給妳燒。妳還缺什麼，我們一併給妳買。我們請一位黃袍法師再給妳超度引升。啊啊，怎麼攪的妳不說話而哭起來了，母親，妳有什麼寃屈，我們一定爲妳伸，妳再哭，我們也就無法收淚了。什麼，大姐，妳說母親已經走了，那妳爲什麼哭成一個淚人呢？什麼事？妳說妳找不到路回來？因爲燈熄了，啊！門口有人把香拔起來了，妳在黑風黑水中飄盪？凝荷，妳快快出去，一定是大頭仔維廉那班孩子攪鬼，快快追去，把香插回原位，不然大姐就醒不過來了。快去，快。大姐，不要再哭了，冥路一下子便再亮起來了，妳別急，冥路的燈一下子便亮起來了。

一九七五年七月三十一日

鄰園的水菓特別甜

是那種無所事事的年齡，在廢屋破瓦中尋找最堅硬的蝸牛殼，把其他孩子的蝸牛殼頂破，這樣便可以打發一整個下午；不然便去濺水溝，把水草踩到無法再擡頭，然後用腳板攪動泥漿，弄一身的泥斑，眞是眉飛色舞，天下至樂，明知黃昏回家時媽媽會大大的修理一番，但此時此刻，管他的！誰比我更洒脫！或者，找一根掃帚的柄，先在頭上旋轉揮動，然後到處把無辜而脆弱的矮樹叢一一砍頭，橫掃大江南北，固一世之雄也之風！至於溪邊靜坐，發一個下午的呆，爬上樹杪向遠山的暮靄毫無目的地遠眺，或大街小巷沿路向形形色色的黑暗而神秘的屋內探頭看著，也是常有的事。

一個人自尋其樂到底無啥意思，所以獨個兒玩不到一頓飯的工夫，便要找兩三個同好，去幹些好事，去搗一些蛋，像一羣蝗蟲大肆破壞，事後放一些聲氣，然後在別人追擊的惶恐中落荒而逃，而在一種喘不過氣來的情況下，互相慶幸脫險成功，相對大笑，再作下一步好事的陰謀。

最缺德的莫過於亞銀仔，有一天盲公允剛剛替陳財阿嬸算完了八字，拿到了報酬，笑口吟吟的哼著南音，過了橋，高高興興的用竹子敲著水溝邊慢慢的走來，此時路中心正好有一堆新鮮的、還冒著煙的牛糞，亞銀仔滿口善良溫和的語氣，他走向前說：允伯，你好，我來給你引路，小心點，左邊有一堆牛糞，你最好靠左邊一些，再向左一點，對了。噠的一聲，盲公允一腳正好埋在牛糞的中央。只聽得亞銀仔笑得仆前仰後，盲公允罵了幾十聲的「死人頭！」，也奈何不得，只好認倒楣。盲公允號稱神算子，沒想到神算不如天算，天算不如人算！

孩子們的惡作劇常是無傷大雅的，殺人放火之事，究竟不會閃過他們的腦中。所謂「好事」，多半是把人家打好的水倒掉，把挑夫的扁擔藏起來，把石頭偷換擔中的西瓜，把繩的死結改爲活結，使人提起時尷尬得手足無措……

但最快樂的事恐怕是偷別人菓園裏的水菓，在鄉下，那裏都是番石榴、黃皮、龍眼、香蕉，要吃天天都可以吃到，尤其是番茄，只要走入田裏，隨手一摘便是。但俗語講得好，隔壁的鍋巴特別香，鄰園的水菓特別甜。我們鄉下的菓園多半是有石頭圍牆的，說高不高，說矮不矮，但鄉下長大的人，早已學會了飛簷走壁的功夫，爬上牆頭，躍入樹椏，偷它個滿襟，大吃大嚼，好不痛快。我鄉下的番石榴兼香、軟、甜、滑四味，是我最喜歡吃的水菓之一。但牆頭有時太高，又建得不留半線石縫，又沒有繩子，眞的飛簷走壁又辦不到。但你不必失望，方法多得很，我們最慣於找一根竹竿，把一頭略略的劈開，再用一小竹片卡開成叉，拿著這根開了叉的竹竿，叉住滿載番石榴或龍眼的嫩枝，然後把竹竿轉動，一下子便成串的落到我們的手上。我們把上衣脫下來，把獵物一包，便跑到附近池塘邊的榕樹下，一邊啃一邊把果核激得滿塘漣漪，魚躍出水面，和我們分享天賜的仙桃。

但這種刺激，這種快樂，有時也會在被追擊時的驚惶中喪失。有一次，我和大哥二哥正是東摘西摘，可謂沉入忘我的境界時，忽然主人大聲一呼：「捉賊！」因爲來得太突然，我們如驚慌的兎子四竄，把獵物洒得一地，我三步作兩步的跳上牆頭，卻忘記了牆的另一面的高度，便往外一躍，啊唷！痛死我也！這也許是一種小小的懲罰吧。說實在的，我們家裏的水菓也不少，只是，只是，俗語講得好，隔壁的鍋巴特別香，鄰園的水菓特別甜。

一九七五年八月

罎子地瓜沙焗甘著

南方的冬天沒有雪，也沒有滿天的枯枝，以我們吉大鄉來說，由於松樹特別的多，冬天也是常綠的，但心情和氣候卻不然，天是鉛灰色的，雲很多很厚，在朔風的馬鞭下，奔騰翻逐，使整條村子怯於其威勢而蜷縮在山的一個小小的角落裏，如果此時羲和踏著水晶的聲音從高天馳過，也不會注意到這小小的黑點，竟是數百戶活生生的兩足動物。在冬天，羲和反正也很少出遊，南方的吉大鄉是什麼東西，祂又怎會臨幸！

沒有雪並不表示不寒冷，吉大鄉張開它雙臂迎接海風的拂掃，南方的朔風也眞夠凌厲，穿著厚厚的破棉襖，脖子上緊緊的纏著毛線的圍巾，也竟是抖戰個不停。除非是市集賣魚賣菜的時刻，大街上總是空空的，只有一二隻餓狗餓貓在尋食。有家、有餘糧的人都躲在房子裏生火取暖，老人們抽煙飲溫酒嚼花生米，但大多數的人都躲在又矮又黑的屋角，蜷在發臭的棉被裏，作種種安慰自己的幻想，乞丐們在破廟的神臺後面找一個避風的角落，睡他斷續的睡眠。這時候，撿破爛撿牛糞的，卻單衣露臂弓著身子頂著朔風緩慢的移行，翻翻撿撿，把沒有什麼內容的希望和理想，衆目睽睽的，暴露在一條風乾了的魚骨似的街上。

沒有滿天的枯枝，並不表示就有生的蓬勃，世紀復世紀的貧窮，一代一代的外來、內發的戰爭和刼掠，現在剩下來的和平和安樂，是在饑餓與寒冷邊緣掙扎的和平和安樂。常綠的喬木或可給我們一瞬間生命的激發，但在鉛色的天空裏，看到的卻是我們一排排瘦骨的剪影。死亡我們既已經習慣，我們也就沒有懼怕，沒有年月變換的憂傷，沒有失眠和神經錯亂……

但冬天，冬天是會作弄人的，它摧殘萬物的趨勢每每喚起歷史和命運零碎創痕的記憶，使我們竟然也有小小的心傷！

幸好年幼拯救了我們，在饑寒之餘，竟也想到製作的趣味，噢不，不是詩歌，我們製作的是無望中一些生活的情態，噢不，不是衣飾，不是金玉那種生活以外的僞造！我們只提供、只提供——烤蕃薯的藝術！是的，這些你們不屑一顧的鄉下人食品製作的藝術！

當成年人都躱到黑暗的小室中嘆息，去怨恨風濕骨痛帶給他們的損失，孩子們呢，孩子們空著肚子也要四處奔跑莽撞，讓他們的精力得到表達的形式。朔風從未放過任何人，小孩子也不會放過。我們跑了半句鐘，仍是抖戰不已，牙齒格格作響！「我們生個火，烤蕃薯去！」「好！」我們馬上分批出發，撿乾柴枝的去撿乾柴枝，挖蕃薯的去挖蕃薯。我們去那裏烤？我們怎樣烤？

在平時，家中大灶煮飯的柴火開始成炭時，我們隨手拋幾個到灶裏，用火鉗把炭翻一翻，再等一句鐘便有香噴噴的烤蕃薯了。但這不夠意思。去燒一個稻草堆，一面取暖，一面烤如何？這也不夠新鮮。對了，來個罎子地瓜如何？罎子地瓜雖是土法炮製，要其味香恰到好處還需要一番技術，我們從就近的人家拿了一個瓦罎子，跑到水田邊防風林的一叢大樹下，把蕃薯洗乾淨一一入甕，然後在水田裏挖一堆爛泥，先把罎子口封密，把罎子表面抹上一層不厚不薄的爛泥，再將罎子放在火上燒，燒到爛泥完全乾了，開始龜裂，香味從夾縫中衝出來，此情此景，誰還會想到冷？誰不會垂涎三尺？我們一、二、三你搶我奪，罎子破了，蕃薯一下子便光了，我們吃得一點也不過癮，人太多，蕃薯太少，胃口吊足了。再來一罎吧，但罎子破了，怎麼辦呢？還是福祥花樣多。

你們跟我來吧，我們到沙溪上去！沙溪空曠風大，而且水也冷，爲什麼去沙溪呢？不要問，你們跟著來便是！我們一羣饑餓的小魚到了沙溪。我們把沙溪岸邊凹處的沙挖下來挖成一個洞，然後生火，把洞上下的沙燒得熊熊的，一股熱氣折射到我們的身上，我們滿臉都燙紅了，胃口更是磨得尖尖的，等火燒得差不多了，我們把蕃薯丟進去，再用樹枝把燒紅了的沙剷下來，覆蓋在蕃薯上面，我們大家一面等一面唱「隔壁的小姑娘眞強」，歌還未唱完，蕃薯香便從沙裏透出來了，把我們的胃液全都激起了。我們吃著笑著抱著飽和暖臥在熱沙旁邊，管它朔風吹皺多少頭額！

一九七五年九月五日

盂蘭盆會・「醜」不勝收

每當入夜，月滅星疏的時候，你如果從荒野歸來，你最好不要注聽你自己的步聲，你最好讓它們沉入萬籟俱寂下唯一的蟲鳴，因爲，萬一你注聽的時候，發現多了一些步聲，隨著你的腳跟而來，你將會怎樣的驚惶。是另一些從荒野夜歸的人嗎？那時，如果你聽見有人說：「朋友，你放慢一點腳步，我有話問你！」或者是嬌滴滴的女聲：「相公，這秋霜使我好寒冷，你可以給我一件衣服披一披嗎？」那時，你該是驚慌還是歡喜？而路旁不遠的地方是一座破廟，破廟的後面是亂葬岡。在鄉下的人，膽子大的，轉過頭去，只聞風逝，不見麗影。膽子小的，總是神色慌張箭步衝入村裏，說那披麻長髮垂舌突目的樣子是如何的可怖。於是大家在驚中作樂，那些眞有那麼一回事的話便隨風飄送，使得次日田隴上的午飯多加一份刺激。

你們不信這些淒聲麗影？但當你有一天從深沉黑暗的竹林裏穿行向光處的時候，你赫然被一垂吊著吐著舌的硬條堵住你的去路，你能將之視作一件毫無知覺的物體？你能將之撥開如同你撥開濃密的蘆葦昂步上大道，一點都不顫慄？

或許是傳說的力量，在鄉間，活在事物和意念換位的流動裏，這些早已腐化的記憶和幾經雨水洗淨的骨頭，在適度的光影下，便又活躍起來，使我們游泳在豐富的恐懼裏。

當你披星戴月的從大街轉入狹巷的時候，你最好目不斜視，任牆壁迅速的滑過你的眼角，因為，因為如你偶一停駐，你將被貼在牆壁上的張牙弄齒所懾住，你將因此而喪失歸路的記憶，尤其是當你經過那豆漿店的側門時，你記得嗎？那赤條條的女子曾高高的自橫樑上吊下來？記得那好奇的阿楚，他為了一睹傳聞已久的神秘的裸體而失魂脫魄了半年，吞吐著破碎不成句的哀求的話語？

夜裏，你最好不要上池塘邊那間毛厠，當你正在努力的時候，一隻血淋淋的手忽然從門縫中伸過來，說：「朋友，可以借個火嗎？」那你的努力便徒然了，而且，說不定你一驚而滑進了毛坑裏，那才倒楣呢。

我們的鄉下神靈特別多，大人們常常警告我們：切記不要掀開法師的黃袍。據說裏面盡是形形色色的鬼魂怪象，是一個大千世界，長牙牛眼柳髮雲眉，不一而足。我們都很聽話，敬而遠之；每逢遇到道士作法驅邪的大會，我都躲在一個安全的角落，生怕袍風所及，後患無窮。

但最熱鬧的鬼大會莫過於七月十五日的盂蘭盆會。那天據說所有的鬼都放出來了，任他們大吃大喝，任他們四處遊盪，所以街頭巷尾田疇水邊，無所不在，他們如翻飛中的紙錢和灰燼，眞個是「魘」瘦「魂」肥，琳瑯滿目，醜不勝收。我們分食著祭鬼的祭品，吃得淋漓痛快，就是怕得罪了他們這羣餓鬼，怕一不小心踩到某惡鬼的腳趾，或拿錯了另一位鬼兄正在吃著的果物，那眞不知如何是好。

但在鄉下的節日裏，我以爲最有意義的就是這個盂蘭盆會，大家雖然戰戰兢兢，但都能與鬼同樂共舞，分享著城裏人無法享受到的刺激。我們總是在搖動的燭火中歡騰到深夜，然後帶著八成的驚懼，急急的，小心翼翼的，目不斜視地穿街透巷的走回家裏，放下蚊帳，在夢中尋鬼的歡喜，開鬼的玩笑。

一九七五年九月十三日

無端的癡狂

說來妳也不相信，那時我才八九歲吧？八九歲一個土頭土腦的鄉下孩子，粗野不文，成天在泥濘裏打滾，雖說也讀了些書，都是些硬繃繃的扳起面孔的經文，既然對其間意義已不求甚解，更不用談什麼情感教育了。成天玩得瘋瘋狂狂的，雖或有捱餓的時候，大半的時間還是無憂無慮的，這就是所謂天眞未鑿的童年。說來妳也不相信，如此一個粗而笨，且憨且傻的孩子，才八九歲，竟然有一天爲了一個美麗的女子，發了好一段時間的癡狂。

什麼？妳問我是不是我的初戀？這怎能夠算是初戀呢？我那年齡不如現在的你們啊，甚麼是愛情，我一點都不懂。何況，何況，妳是知道的，一個小學生，在那個還甚保守的年代，腦袋裏壓根兒沒有閃過這樣的念頭。是爲了一種純粹的「美」的迷惑嗎？美，沒有雜念沒有私欲沒有幻想的一種欣賞式的美的迷惑嗎？或許是的，我至今無法解釋那時的情感，我不覺得任何成年人或文學家所發明的詞彙，可以說明我那時的心裏的感覺。但我必須承認那是一種迷惑，一種神秘的癡狂。

妳笑我，笑我無絲而吐繭自縛的自作多情？那時的我，那時的我壓根兒不知道「情」是什麼，「愛」是什麼，我只知道每天腳步不由自主的把身體拖到某一個她往田裏去操作的必經的路口，就站在那裏，看看樹籬夾道的長長的路的盡頭，聽著蟬兒永久不變的噪鳴和靜止中磬然的水聲，總是有一種焦急不定的情緒。我撿起一塊石子，無目的地向高空擲去，至於那石子要落在田裏那一個角落，我沒有去想，沒有去看，那條路好像會奔走似的，由我的眼角奔出去，奔得好遠啊，那無盡的盡頭何時才會有那熟識的黑點出現呢？我轉過身向另一個方向看去，好像那一轉身可以驚見她突然的出現。

妳問我如果那時我彎身向小溪一望，水中悠然現出她站在我的背後向我微笑，我將怎樣？老實說，我不知道那時我會驚喜還是羞慚，我壓根兒不知道。其實嗎，當她出現的時候，我也只不過看她一眼，連話都沒有和她說過一句，我敢說，她恐怕至今不知道曾經有一個如此傻癡的小子，如此無端由的在那裏發神經，但看了一眼我心中便很快樂。爲什麼會快樂，我也不知，我也不問，但有一點我是知道的，那天我看不見她，心裏便很難過，用你們文人的話來說，便是什麼爲伊憔悴！我的確有這樣的感覺。「人小鬼大！自以爲是多情種子，誰知道如此的窩囊！連話都沒有說便以爲是大情人！眞不怕羞死人！她眞的那樣美嗎？她是怎樣一個人？她比妳大多少？

她……她……她。」

妳急什麼？她嗎？回憶起來，也不知美在那裏，在妳的面前，她不知土到那裏去，她啊，她怎麼比得上妳一片湖光的雙眼和微帶黛綠的月眉？她怎麼比得上妳那凝而復射的笑容，她怎麼比得上……「夠了，夠了，不要拍馬屁了，還是談談你那小情人吧，是怎樣的魔力使你那樣迷！」那時我才八九歲，我又怎會像妳那樣有評頭品足的本領，我壓根兒沒有去分析過，而且事情已經過了三十年了，剩下的只不過那一點點可愛的印象罷了，恕我勾畫不出來她的輪廓、她的容貌和舉止，如果是美，現在只有抽象的一團記憶的光采，好像可以完全脫離她身上的破衣和泥足而躍出，在眼幕裏閃動。

「不要那麼文縐縐的，你要土就土到底吧，你怎麼開始注意到她的？」是這樣的，我們祠堂裏辦的學校本來也不大，全校全村的小孩天天在一起混、一起玩的，她，她叫什麼名字，我一點都不記得了，她應該是大姐姐，那時總有十三歲左右吧？她，她是在學校的話劇中演出一個無比美麗的角色而使我注意到她的，她演得眞好，眞活。從那天起，我便時時刻刻想看到她，其他的現在說來，眞有點那個的情形都給妳說過了。

我也不怕妳笑，現在我來給妳說結局吧。有一天，我等了好久好久她沒有出現，我很難過，沒想到第二天全村都傳著一個沉重的消息，她一夜間腹痛死了，村裏沒有好醫生，她父母沒頭沒腦的採了一些草藥煮給她吃了，大概藥不對症，如此便無聲無息的死去了。她叫什麼名字，我想已經沒有人知道，因爲那三十年前的村子，已經完全破散了。如果我當時向她說了話，她不知道怎樣的想呢。

一九七六年元月

月霧裏一個碩大無朋的燈籠

「至於我們的村子爲什麼叫吉大，傳說有很多，據我老九的了解，最正確的是下面這個故事……」老九姓葉，葉姓是村中一大族，另一族姓曾，其餘別姓的都來自外村。同是姓葉，老九多少總和我有些遙遠的親族關係，在村裏，姓葉的非叔卽伯，起碼口頭上都如此叫著。這位九叔，雖則稱叔，有時還要稱別的小孩子叔公，因爲是字輩的關係，我小時候被人叫叔公，總是覺得無稽，但在鄉下，習慣了也不覺得有什麼怪，九叔反正也非眞正的叔，九叔就是九叔，人人那樣叫他。

九叔這個人平日以什麼爲業，我一點也不知道，他總是住在祠堂附屬的一幢房子裏，那幢房子在村的中央，平日空著沒有什麼用途，供村裏孩子們玩耍，或是村民聚賭，或作一些我們小孩子不甚了解的事，例如有一次幾個大人把另一個人身上的衣服脫光，用大木印在他胸前印一個大紅疤，不知爲了好玩，還是具有什麼意義的侮辱，那人暴跳如雷，口口聲聲要報復。這幢房子在每年六月祭神會時，才眞正用上，菩薩遊行，大圖（具有龍、雲的大旗）霍霍都從這裏出發，一連幾天大煮大吃大喝都在這幢房子裏進行。

九叔住在那裏也不知有多久了，他沒有家，但好像很有學問，我說有學問恐怕不是眞學問，是說他知道的事情眞多，每年每月每日，他總有時間抓十數個孩子給他們灌輸鄉土的傳聞，他口沫橫飛，可以隨時隨地說上三、四個小時，我們眞佩服他有那麼多故事可說，有些孩子好奇，問一些男女間之事，他更眉飛色舞，描聲繪影，彷如目見，說得要緊時，現像擬形示範，所說所擬，有多少是眞的，我們無法知道，但其中缺德的話，我們倒猜得八九分……但九叔對村中的掌故，確是很權威的，我始終沒有懷疑。

「據說，」九叔呷一口濃茶，慢條斯理的繼續說，「你們必須了解，那時村中只有十戶人家都不到，多半務農，和你們現在一樣，大家住在山腳下，就在東門靠近沙河旁邊那個地方……什麼，那一家？你們怎麼不想一想？那是多久以前的事了，那些泥房子，現在怎麼還留存，不過據我老太爺說，現在種滿番石榴的園子便是發源地……我們的祖先是那裏來的？你爹怎麼沒有告訴你？眞是的，就是人家沒有說，你也該到祠堂上去看看，『南陽』兩個字這麼大也不認得，虧你讀到四年級了，那一天你發了達，光宗耀祖，建堂立碑，也總得把祖源弄清……那時的十多戶人，住得很近，大家都認得，平日農事很忙，也從來沒有想到爲村子命名……你問我如果人家在路上碰上，問他從那裏來或回那裏去，他們沒有村名怎樣答？你們知道我們最高的山是什麼？和尚頂，對，他們就說回和尚頂那邊去，也沒有什麼困難，正如洲仔現在仍叫洲仔一樣。那麼爲什麼不把村子叫做和尚頂呢，一來和尚頂光禿禿的，實在不是吉利的象徵，主要是他們並不覺得有命名的需要，如此過了好多年，也沒有什麼變化，直到——

直到有一個晚上，不對，一連兩個晚上，有兩個村中的長老都夢見觀世音菩薩手中挽著一條魚來告訴他們：『你們終於有了名字，從此可以成爲上天世事圖中可以辨認的一點，你們應該立祠，祖先及後代都可以列名，上天可以有一個完全的記錄，以免將來降福的時候被冷落了。』

但觀世音並沒有說出村子的名字。他們既喜還愛，從來沒有覺得命名的事竟是如此的沉重，如此的嚴肅。誰敢亂出主意呢，萬一取錯了怎麼辦？雖然村中長老也有命名的書，可以按照天干地支和筆畫取一個大致也不差，但大士的托夢太嚴肅了，他們夜夜枕在著草上，希望從許多繁雜的夢中，大士會撥開雲霧而再次現身，他們一定會跪拜求她賜名。但希望渺然，過了好幾個月，村人由興奮到焦慮，慢慢的回到日出而作日入而息的生活律動裏，對此事開始淡忘……

直到冬分的一個下弦月的晚上，谷口山角那邊海潮的風把月霧緩緩的吹進來，迷濛裏，村民開始休息，因爲冬分以後，雖是南國，也已經相當寒冷了，只有幾個年老的村民在一所房子裏圍著一個爐子談笑……突然，一個年輕的男子匆匆撞進門來，月霧下，斗笠下是何其驚惶的一張臉啊，他上氣不接下氣的說：『我從洲仔回來，經過沙河的東邊，就是我們過橋後的第二個彎，突然一團濃霧把月光完全遮蓋住，我竟然無法看到歸路，那時，在濃霧裏滾出一團紅火，好大的一團紅火，我來不及驚惶，它已停在我的腳下，是一個碩大無朋的燈籠，上面還有兩個大字，這一定是……一定是……』老人們說，一定是大士的顯聖，我們快去看，他們一干人等打著小燈籠趕到河口去看，果然有一個大燈籠亙在那裏，他們圍在那裏呆了半天，他們從來沒有看過這樣大的燈籠，而那兩個字赫然是「吉大」，從這邊看去是「大吉」，老人們七嘴八舌的私議著，說，這便是大士托夢的名字，大吉、吉大……在一個月霧的晚上，閃耀在沙河邊一個碩大無朋的燈籠上……」

一九七七年八月十七日

漫長無盡的空望

你問我：怎樣去認識時間的容貌？我那時只是六七歲吧，壓根兒不懂得這種抽象哲理的問題，但時間的容貌，我卻是很小便認識了。事實上，我看到的是無盡歲月的寂寞與孤獨，雖然，什麼是「寂寞」，什麼是「孤獨」，什麼是「時間」，我幼小的腦中是沒有什麼文字上的了解的。平時，像一般村童一樣，一早起來，很快便跟大伙孩子們去玩、去鬧事；樂著時，時間還過得很快呢。空著沒有事做的時候也是有的，那時會覺得無聊，但無聊，小孩子的無聊，雖然也會使我覺得時間長，尤其是夏日的午後，但這不是「寂寞」和「孤獨」，我所認識的時間的容貌，是漫長的、漫長的空茫的瞻望和期待，像磨子一樣的磨轉，但無目的，無盡期。承受著這個不知歲月何時了的磨轉的，不是別人，而是我那雙足無力癱瘓在床的父親。

自我有記憶以來，我父親便不能行動了。是什麼病使他由叱咤風雲一時的俊傑，變為一塊日夕受浪濤拍擊的寂寂無聞的岩石，我已經無法追憶了。據說首先是酒後睡在空地上而引起的關節炎，後來越醫越壞，便成了殘廢，鄉間騙子庸醫頗多，自然也是原因之一。想想，一個曾經縱橫大江南北，曾數次遠渡越南（在那個時候，越南當然不能算近的），曾獨力抗拒日軍的入侵，射下一部日軍的飛機而名振一時可謂壯志未酬的青年，如今只能日日坐在大門口的茅棚下，看日無盡的出、日無盡的落，人來人往都是生命的活躍，而他自己只能坐在那裏，彷彿每一秒鐘的鐘擺的嘀嗒都在提醒他，他生命的肌理只剩下這些了。想想，那一個家中的男人願意呆在家裏，讓妻子（我母親原是香港大城中的大家閨秀）夜半翻山越嶺去爲人接生，走一個多小時的山路，穿越數重墳地到澳門買雜貨做小生意，在許多次因中日戰爭，草寇凶橫的困苦時候，做太妃糖（手做太妃糖是相當麻煩而艱苦的，何況我母親從來沒有做過苦工！）去換取一點點充飢的糧食！這些無疑對他是刀攪的折磨，他內心的痛苦是何其的複雜，我們幼小的心靈如何可以了解其萬一！

對於時間漫長的實際感受，如果由我父親來寫，一定是無比的深刻。我那時候對時間的容貌的認識，對「漫長」兩個字的意義的了解，是透過了環繞著我父親的家裏的幾件事而感覺到的。

日本人佔領了廣東以後，我們的生活艱苦，主要當然是缺乏糧食，我們常常挨餓，在我以前追憶童年的一篇散文裏，我便曾寫過：「我始終沒有嘗到每天下午經過我們村屋茅棚邊叫賣的泥黑甜餅，我說：『媽媽，才五毛錢，給我一塊好嗎？』媽媽在一天的小買賣後的疲倦裏只能用淚水支撐著笑來安慰我。」飢餓和期望幾乎可以說是我第一次認識的時間的容貌，所謂漫長，在長期的飢餓中，才有最具體的感覺。想想，我能夠用一些遊戲、活動、幻想和工作（撿柴、打水……）把那感覺來淹沒，但我父親坐在茅棚下，看著無盡的藍天，捱著飢餓，那時間是何其的漫長啊！

飢餓以外還有恐懼，一到入夜的死寂，如果能安穩的睡覺，我們便可以忘記時間和飢餓，但在那個困難時代的村裏，往往突如其來深夜裏的一片一呼二應的狗吠聲，大家便毛骨悚然，不知什麼可怖的事要發生了。是劫掠、殺人的事即將發生了。隨著狗吠顫動的速度、方向、濃度，我們知道「他們」已經慢慢的接近了，我們一聽到狗吠聲，全家都驚警著而不睡，父親會把唯一的微薄的積蓄，包括母親僅存的一二件結婚時的紀念品，塞在家中唯一的沙發（我們稱之爲肥婆椅）的兩條夾縫裏，然後他把他過去英勇事蹟遺下來的一根手槍握在手裏，也藏在夾縫裏，我們屏氣凝神，無聲、緊張、憂慮，實在不知甚麼駭人的事情會發生，那種只能靜待結局而不能逃開或正面與之對抗的心情，在這弓張箭待的深夜裏，在恐懼暗潮起伏裏，時間是多麼的長啊！有時，狗吠聲移近又遠了，我們鬆一口氣，知道「他們」眞的走了的時候，已近天明了。有時，一浪的狗吠聲過了，另一浪又來了；另一些不知來路的「他們」，又激起新的恐懼。有一次，「他們」終於來了，我們躱在內房裏，憂懼如焚，三四個巨大凶狠的人，本來要大肆劫掠的，但終因看見我父親的癱瘓無助，且四壁蕭條而狠狠的沉吟了幾句髒話便走了。當我抹一把汗從內房出來時，看見我母親勇敢的堅定和鎭靜，看見父親在無助中準備以死來保護我們的決心，我們不需文字便了解到愛在危機中所呈露的無法量度的深邃。

好像戰爭和草寇的凶殺和劫掠還不夠殘酷似的。在一個炎熱的下午裏，我父親坐在茅棚下，正在扇涼著，地上白熱的蒸騰，弄得人目眩欲睡，那時我和哥哥好像在門前水溝的一面祠堂的陰影下玩著什麼的。突然，不知是父親把紙烟誤放，還是風把它吹入茅草裏，那火眞快，父親一面叫「救火呀，救火呀」，一面拼死的不顧地面的粗硬割破他滿膝的血爬衝出來，我轉頭看到他的時候，那一臉的驚惶，比我對死亡的印象還要恐懼。我和哥哥手足無措的趕過去扶他，那火勢眞大、眞快，快要燒到房屋上了，我驚得不知如何是好，鄰居大伙人都已出來用水桶從水溝裏取水救火，驚叫、惶亂，父親驚魂甫定，才想起我妹妹（約三、四歲）還在屋裏睡覺，啊，你眞不能想像我們那時心中的怖亂，父親一說出來，大哥便要衝進去，後來還是鄰居的一個大男人衝進去把妹妹抱了出來。火，慢慢也救滅了，一個空架的黑炭和帶著水的餘烟在黃昏中嘲弄著。那時，才知道爲我們鎭守的愛犬多利失蹤了，我和哥哥知道牠在驚亂中跑了，我們向東門、西門的田野到處去找，到處叫著多利多利，一點牠的蹤跡都沒有了。找到入夜才回家來，父親已移入屋內，鄰居都煮了東西給我們吃，但誰都吃不下，誰的心都如倒掛著，放不下來。我也不知道心中是愁，是懼，是空，是實，我全不知道，或者是麻亂得無從把思想串起，所以空洞洞的連感覺都分不出來。我想，或許這就是餘懼的長度，如一塊不斷橫伸的石塊，展張在心頭上。那一夜啊，連飢餓是什麼都沒有感覺，我們呆呆的望著黑炭架上的星空，好像要去數它們，好像沒有，時間過了多少，時間怎樣過的，我們完全不知道，直到曙光微白裏，一條狗緩緩的出現，我們才從時間裏醒轉過來。

一九七九年八月九日

木瓜林下說西遊

南方的夏天，來得早，去得遲，長長炎夏，眞不好打發。鄉下裏的小學，雖然教得也很嚴，在我記憶中，功課卻不多，就是每天要背一篇古文，我年幼時，記性是很好的，孟子見梁惠王，人家讀了幾個小時都背不了，我只聽人朗讀兩遍，便可以全部背出來。現在想來，我自己都不相信，大抵那時稚心空白一片，無雜念憂慮纏繞之故，看看現在吧，連自己寫的詩句都記不起來！當時什麼〈祭十二郎文〉，前、後〈赤壁賦〉，〈滕王閣序〉，〈蘭亭集序〉，順口背來，不費吹灰之力，所以剩下來空著的時間很多，何況暑假有兩三個月，玩的方法一下子也弄不出什麼新的名堂來。

說到玩，想起來花樣也有一些。在鄉下，長年赤足，空地上，管他瓦礫碎石，我們箭步如飛，踢起足球來才威風呢，我們並不比印度的赤腳大仙差。事實上，白天可玩的東西易於發明，主要是，在鄉野，活動的空間無盡，上山入洞穿谷尋幽探奇，飢有山果，渴有山泉；有時捉鳥捕蛙，捉鳥要待稻穀黃熟時，捕蛙要待西北雨後的入夜；或搜蚱蜢飼雀，或採竹筆（卽未開之嫩葉）做茶，或摘茅根爲藥。至於釣魚摸蛤，大隊人馬，吵鬧著玩的成分居多，全心釣魚的時候少；但在池塘樹下無聲靜坐半日，也是有的。捕魚的方法，我最喜歡人家用魚籠，那竹織的魚籠眞巧絕美麗，對魚的傷害也較少，我厭惡人家用魚藤，那毒液一到水裏，不出半個時辰，所有的魚都翻白浮起，那種大量殘殺我不忍看。池塘自然也是我們游泳的地方，我年紀小，不善泳，那種很費勁的狗爬式我實在學不好，便在附近找一塊廢棄已久的棺材板，浮游半日。興盡便到大榕樹下，看人家下棋，總有不少是是非非的閒話趣事可聽。

說夏天不好打發，是晚飯後上床前，天已黑了，像成年人那樣吹著水煙袋乘涼吹牛，看來很寫意，但對我們小孩子來說，無聊死了。對的，夜來有螢火蟲，撲撲捉捉，看誰的瓶子最亮，出一身汗，也是極快樂的事。有時滿月當頭，大伙人來個捉迷藏，也很刺激，鄉下有的是空曠，要藏得妙，有時頗費心思。有一次，大哥把我夾在稻草堆裏，找的人很焦急，其他的人，都很疑懼，夜裏幽角暗影，誰知道會發生什麼事，何況幢幢然的光影，誰敢擔保沒有鬼魅出現？

但長長夏夜最使我懷念的莫過我父親所講說的《西遊記》，我父親自我兩歲便殘廢不能行動，但平日入睡之前，《三國志》、《東周列國志》、《封神演義》和《史記》裏的故事，總要選講一些，多半帶點說教的意思。講到馮諼客孟嘗，長鋏歸來乎，食無魚，一遍一遍的重複，有板有眼的吟唱，至今印象仍然生動新鮮。講到介之推那種愚節，而使我永生不能忘記「足下」二字的悲劇，我完全無法接受人家把這兩個字用在尺牘裏。蘇秦、韓信、項羽、劉邦、劉關張桃園結義……大都是先從父親的口述認識。但我記得最深的是《西遊記》，講說《西遊記》是對外的，鄉裏大大小小圍在我家草棚下聽講的，每晚至少有四、五十人。我更是從不缺席，我和鄰居的一個玩伴，最醉心孫悟空千變萬化的神威，大鬧天宮眞是大快我心。我們尤其羨慕他那「一觔斗就有十萬八千里」的本事和他那根伸縮如意的「金箍棒」，我們二人擬聲擬形，常常幻想能隨心所欲的飛越，能用金箍棒伏魔除難，小小的心靈，想的都是刼富濟貧的俠義精神，有了孫悟空的本事，那還怕不成事嗎！

幻想是一回事，大家聽到入神處，往往不分現實與夢幻的界限，神奇虛誕也不在乎。誰不愛聽「盤絲洞七情迷本，濯垢泉八戒忘形」？唐三藏雖是主角，他實在是個沒有主意婆婆媽媽的沒有成熟的人，我們喜歡孫悟空，除了處處比唐三藏空靈聰慧之外，便是人性盎然成趣，請聽這一段：如來佛祖對悟空說，如果他能翻過他右手掌中，天宮便讓給他。悟空大笑，平素他一觔斗便十萬八千里，小小的手掌算得什麼，於是他一躍便騰雲前進，不知跨過了多少萬里。

忽見有五根肉紅柱子，撐著一股青氣，他道：「此間乃盡頭了，這番回去，如來作證，靈霄宮定是我坐也。」又思量說：「且住，我留些記號，方好與如來說話。」拔下一根毫毛，吹口仙氣，叫「變！」變作一管濃墨雙毫筆，在那中間柱子上寫一行大字云：「齊天大聖，到此一遊。」寫畢，收了毫毛，又不莊重，卻在第一根柱子根下撒一泡猴尿……」

聽衆到此無不大叫；絕，眞絕！好可愛的孫悟空，意無阻隔，心無顧忌，難怪大家為他被如來佛祖反掌壓於五行山下而叫屈。

《西遊記》令人懷念的片斷太多了，由於通過我父親的口述，其中的詩詞佛語自然被省去，從嚴肅的文學立場來說，或是一種重大的損失，但口述那種說書方式，卻能把它變得更親切，更活生生，更接近民間文化戲劇性的演出，在我幼小的心靈中，印象更其深刻。

我說令人懷念的片斷太多了，但不知怎的，我最不易忘記的，竟是五莊觀行者竊人參果那個場面，這恐怕與文學價值的關係不大，實在是事出有因，且聽我道來；

那天晚上，星月淡然，日間的熱氣正緩緩的消散，我父親坐在藤椅上，抽著烟，呷了一口濃茶，繼續說：那天唐三藏一行四人到了五莊觀，適逢觀主鎭元大仙得元始天尊的簡帖，到上清天彌羅宮聽講「混元道果」去，臨行道童清風明月把吃了可以長壽四萬七千年的人參果招待唐三藏，那知唐三藏不識貨，以為是初生的嬰兒，拒絕去碰，兩個道童無奈只好自己吃了，八戒在隔壁聽得心癢癢，便請孫悟空去偷，悟空很快便弄了三個來，八戒吞得太急，連它是個什麼味兒都不知道，請悟空再去偷，悟空懶得理他，八戒口中唸唸不停，恰好被道童聽見，這一驚非同小可，到園中一看，果然被他們偷了，便向唐三藏四人大興問罪之師。

二仙童問得是實，越加毀罵，就恨得個大聖鋼牙咬響，大眼睜圓……決心來個「絕後計」，教大家都吃不成。好行者，把把腦後的毫毛拔一根，吹口仙氣，叫「變」，變做個假行者，跟定唐僧，陪著悟能悟淨，忍受著道童嚷罵；他的眞身，出一個神，縱雲頭，跳將起來，逕到人參園裏，掣金箍棒往樹上乒乓一下，又使個推山移嶺的神力，把樹一推推倒，可憐葉落枒開根出土，道人斷絕草還丹！

說時遲那時快，拍拉一聲，樹倒瓜落，聽衆大家都紛紛站起來，我父親更是愕然，沒想到有這麼靈驗，說倒，便眞的倒！倒在我們的眼前。原來我家草棚旁的一棵木瓜樹，因爲木瓜纍纍過重，負擔不起，就在這個星月淡然的夜裏，在行者推倒人參果樹的刹那，倒，便倒下！我記得，那一個星期，我吃了不少木瓜，炒的，湯的，甜酸的……。後來，每次看到纍纍欲墜的木瓜樹時，便也會想到行者和人參果樹，想到村民紛紛站起，和一時被打住的愕然的父親。

一九七九年九月

第二輯

臺灣山水的約定

海線山線

第一回

尤其是夏天，奇山異水便熱烈地向我召喚，要求我把九十多天的日子獻給他們，這確是一種不尋常的情感。夏天一來，我便有遠遊的欲望，我總是感到一種焦躁和不安，一直等到我把行囊理好，才把罪惡感卸下，我上了路，才覺得可以履行我和山水的秘密的約定。我沒有讓他們空等待。這確是一種不尋常的情感。

妻說，夏天是那樣的酷熱，走入那烈日當頭的山峽裏，說不定會中暑呢！妻雖然如此說著，但她也是愛上了奇山異水的人，她體質比我還弱，而且怕上下高山會毁壞她的耳鼓。譬如有一年

春天，我們經過漫山桃李的埔里上霧社入廬山看櫻花，
在那窄窄的吊橋上
像試步的麋鹿
搖搖欲墜的
便是那微微顫紅的花瓣嗎？
妻從來沒有如此天眞朗笑過，她長年的頭痛已經被花香薰走了，我們坐在逆旅的食堂，吃著新採
的細筍，
霧，薄薄的
給山
披上紗衣
清淡的筍湯
為我們
逐走

一日的塵累

妻把手伸過來，緊緊的把我的手一握，使我再一次有了新婚蜜月臉上一紅的感覺，雖然我們都已過了兩次的七年了。深山和冷泉迭次給了我們新的力量。

那次從廬山下來，也許是車行過急，也許是山路突降太大，妻的耳鼓被氣壓逼破了，那眞是痛徹心肝的。這次的傷患至今未癒，她從此便得了耳鳴症。妻一面埋怨著天氣，一面卻已把行囊整理得井井有條，她，竟然比我還急於出遊，

靜坐入定的山
他微微的顫抖
他細細的吟唱
你可曾聽見？

你必須要像一個好奇的孩子，把耳朵傾向地面，聽萬里外的泉湧，或把耳朵順風而張，把呼息停住，聽山巒互喝的亢奮。

我們的車子離開機器切入人聲的臺北市，正好迎上午後滂沱的驟雨，從林口回頭一看，那厚

厚的塵靄竟然把大雨抵住，不讓它冲洗乾淨。我們一心向前，便讓機器、人和雨錯雜的製造它們的音樂去。前面

雨霧裏
山影
緩緩的
一層一層的
被剪出
竟是如此的輕！
竟是如此的薄！

風雨中的田野別是一番風味，但你得要捨正道而從小徑，在曲曲折折的迂迴裏，才可以有景色突變的喜悅，稻田以外還是稻田，但在雨中，每一個金黃的波動都是淋漓欲滴的美麗，在雨中，所有的活動都是連綿疊現的，而好像是分層的珠簾，一進又一進的，引向無窮，遂想起了詩人林亨泰的小詩：

防風林　的
外邊　還有
防風林　的
外邊　還有
防風林　的
外邊　還有
然而海　以及波的羅列
然而海　以及波的羅列

臺灣西海岸的田景，這首詩在雨中誦讀必更其眞切。臺灣的綠色很特別。濃是眞濃，淺則奇淺，由於草木繁盛，在異國被視爲奇花異草的，我們的溪邊卻滿滿的蔓生著，如此之多，如此之生動。妻在羨賞著各式各様的羊齒植物和聞著雨煙裏蒸騰起來的羌花的香味，我卻在新洗的樹木間分辨綠色的種類，要是蒙那（Monet）在此，眞夠他畫的。如此玩味著想著的時候，一所泥磚農舍的門口，站著一個黑衣的農婦，打著傘，向大路前面眺望著

迷濛裏
一個斗笠
隨著牛步
一起一伏的
歸來
風流不必問
畫在畫圖中

× × ×

滂沱！
好深沉的靜止！
一隻白鷺
劃過綠色的雨
無聲地
停在

一隻水牛的身上
任雨水
由牠的嘴尖滴下
滴 滴 滴
滴在那麼溫馴的牛背上……

「據說，這裏有一所名刹，讓我們追尋去！」妻如此建議著。名刹我們是要去看的，但若要得「幽」與「寂」，恐怕還沒有小村裏剝落的小廟好。記得有一年我們到日本京都去看那出名「空」與「寂」的石庭，待我們進去，石庭旁邊竟坐滿了觀光客，全是人聲，全是照相機的「卡得」聲，有何「空」「寂」可言。我們終於隨著樹頂上的一縷炊煙而進入了一座不知名的小村，很快便把一座小廟找到，這小廟就是典型的小廟的樣子，不華麗，不具珠光寶氣的色澤，連香火也不繁盛，但裏面供得一尊自然化石的觀音，乾淨俐落，旁邊竟是龍蛇舞動的草書，廟中空無一人，牆角裏只有一隻垂頭滴著水的公鷄，一會兒抖一抖牠的冠，把水點洒在塵埃上。我們會心的微笑，把足提起，輕輕的走出廟門，生怕驚動了牠和入定了不知多少年的觀音。

但縈繞在我們腦際的是那豪邁的草書，我和妻說，如果我們能把全臺灣的廟宇裏的書法拓印下來，給那些寂寂無聞的書法大家留下一些記錄，不知有多好。而我們啊，我們已經被「鋼筆化」，被「原子筆化」了，多看些或許可以悟出一點精神來，我們原是一個逸興遄飛的民族！
說著說著，雨停了，我們已經來到湖口，湖口那條古老的街道，

一個斷了弦的琵琶
橫在
空中
讓風的手指去挑彈
讓風的手指在肚裏敲響
那坐在樓頭的女子
把頭髮一梳
便梳到
光緒皇帝的面前
那頭髮太長了
我們怎麼樣追也追不過去
也只好呆在那裏仰天看
看一隻斷了線的風箏

今年已如此，明年又將如何呢？明年，明年或許琵琶沒有了，梳頭的女子也沒有了，風箏被埋葬了。

一聲雷響，雲湧風起雨斜，才下午三點，已是沉黑黑的天色，我們決定駛入風城去，

朋友，很對不起
我們實在無意
把過早的黃昏
濺瀉在你們的身上

我們披著過早的黃昏，撥著微黃的雨，從露攤間的窄門攝身而入，城隍廟的內裏燈火頓然明亮，騰騰的熟食攤的炊煙和香味，直叫人五臟翻旋。誰不知道新竹市的炒米粉！誰沒有聽過新竹市的貢丸！

「老板，炒米粉兩人份！貢丸湯兩碗！」

我們便溶入那算不清歷史的鬧哄哄的羣衆裏，我們何曾不是清明上河圖的一部分？他們又何曾不是我們？

一九七七年七月二十一日

第二回

早晨的陽光扣著樹葉上隔夜的雨水，晶瑩的散落，樹葉微微顫動，彷彿我們可以看見風的足尖輕輕的踏跳。從竹東轉入北埔，穿過雨水洗淨的破落的磚屋，我們便進入那彎彎曲曲，密竹夾道的無人的小公路，向珊珠湖行進。雨後的樹，在折射的晶光之下，我心中浮起的竟是杜甫的詩句：「香霧雲鬟濕。」杜甫在外思念妻子浴後的嬌姿，那一份洗鍊過的濃情蜜意，對這垂條上的光珠欲滴，也眞有八分的貼切。

一

不要去聽
那煙聲
拂著
葉簌簌
何妨

任宿雨
濕妳我的
初醒

二

為送
那獨篙的竹筏
到對岸
晨光
把小河
自沉默中
浮起

為讓竹筏
輕輕流入

妳我
相溶後的凝視
水烟便
向我們的左右
散開

三

水綠透明
幽江魚跳
或野花瀉露
或異禽嚶嚶
寂寂寂啊
無人知曉

四

忽然把河面
一波一波的
此起彼落的
顫響
好一片
活潑潑的蟬聲

沿著這段彎彎曲曲的公路的小河叫什麼名字，它流自那一個高山，我不知道，也不著意去查問。這條小河完全具有歌曲裏詩文裏的樣子，原始，自然，未被干擾。對岸是嫩竹叢穿插的山巒，層疊延綿，數里入雲峯。河邊樹叢裏偶然出現幾間農舍，穩穩的坐著，彷彿有一、二千年了，就是永久地那樣拙樸堅忍，

奮發的夏木裏
苔綠的瓦塊間
腐蝕的木門上
夢

是暴風雨
醒
是暴風雨

不著一點呼喊的痕跡，如那必曾變幻千次的小河，此時汎滿著水，如此的安靜祥和，就連昨夜的雨啊，都似未曾發生。

這條小河的環境眞是寂靜得出奇，如果沒有了偶然出現的兩條狹長古舊的吊橋，我們一時會覺得，我們是在遠離人跡的偏地裏。吊橋把我們親切地和那從未謀面的一些天之子民連在一起。我們無言的走在吊橋上，依着吊橋前後的晃動，聽著木板戞戞然發著聲音。

那日日走在這橋上的
可就是
那除却一切欲望的
赤裸裸的生活？

如此沉思著的時候，緊握着纜索的妻忽然向前一指，水霧裏，兩個人影站在一大排綑好的，新割的竹子向下游流去。我沒有說話，向著妻回笑，目送他們逐水而去，青溪幾曲入雲林？我不去唸那「遙看一處攢雲樹，近入千家散花竹」的詩句，因為我站著的地方和他們站著的竹排同是生活的行跡，卽使現在是春天，卽使現在桃花夾岸，我應該去想像一個桃花源嗎？

同一條河流啊

載多少不同的夢

載多少不同的愁

我實在沒有理由讓妻去負擔這些沉重的思想，在這晶光燦照的夏晨。我便問她：「妳記得我們一同走過的第一條吊橋嗎？」她點頭一笑，嬌羞竟似少女時。那條吊橋在嘉義某一個深山裏，我只記得為了一些什麼事情，我們坐著顚簸的破公共汽車，來到橋口便無法行進，我們必須從吊橋走過去，那吊橋架在深谷上，那深谷在我的記憶中何止千仭！而那吊橋啊，卻是那麼簡陋，它不但前後作波浪的搖動，也作左右的傾斜，窄窄的板與纜索之間是很大的缺口，走在上面便無法扶著纜索，必須像走索人那樣平衡著身體。妻更是兩步一驚叫，我記憶中好像沒有走完那條吊橋便退下來了，而當地的小孩子，卻如走平地，快步如飛的來往著，在那時還是情人的妻的面前，我眞慚愧。我敍述著的時候，妻趁勢剌我一句，「你眞沒用！」倒沒有眞的笑我的意思，一股記憶中的甜蜜在我們現在站著的另一條吊橋上把我們包裹著，在我們過去携手同行的日子裏，我們多少歡愉是在吊橋上！在我們將來携手同行的日子裏，我們還要漫過許許多多的吊橋，我半笑的向妻用臺語說：「牽手，我們去看湖去！」

珊珠湖現在是一個地名，是不是專指某一個湖，我亦不甚了了。但這條河的南端，一展如湖，從公路上向下看，簡直是一個小小的日月潭，平鏡上也有一個沒有人工處理的小島，我甚至要說這比其他的名潭還美，美在它的無人接觸過的原始，沒有色彩俗氣的廟宇，沒有環湖而設的遊樂站，沒有汽油味很重的遊船，沒有……就是這個「沒有」的空靈，就是這個淡掃蛾眉吧，才使東坡先生把湖山比作女子的眉目。我們天生不是絕對的現實主義者，都不會在女子的眉目中找眞山眞湖，如果一個女子的眼睛是眞山眞湖，譬如某些超現實畫家的畫法，那女子不知有多難看，東坡把眉目比作湖山，是比兩者各具的超乎形象的嫵媚，是眉目的動人處輝映湖山的秀麗。這好比我們說冰肌玉骨，我們是說撫觸的美好感覺，當然不是眞冰眞玉也。

詩人愛用自然景物來推展女子的美和女子種種的情態，飛卿的「鬢雲欲度香腮雪」，何止是鬢似雲和腮似雪，因著雲的出現而給與鬢流動的生意，因著雲「度」的活動而挑起我們的欲撫觸香腮的雪白色和雪涼感。自然景物與女貌互相發明而托出這一瞬的視覺嗅覺觸覺和支持著這些的喜歡。自然的活動——有一個詩人說——是兩性運交的活動，這恐怕是巫山雲雨的剖白的說明而已。詩人藉著自然的一些現象而提供我們情意中甜蜜而不便直說的感覺，故有「露滴牡丹開」之句。譬如河的這個灣吧，如此動人的曲線，如此豐滿的流動，如此的清涼，多像妳浴後橫臥的胴體！沒想到妻一拳重重的打在我的肩膀上：「你不必做文章了，你腦子裏不乾不淨！今晚得好好懲罰你！」「妳敢！」「我們一心是來看湖的，湖看過了，我們上路吧！」

× × ×

我們整個下午由三灣開始，濺射著滿目瘡痍的泥濘的山路，蜿曲在農作物與山樹間，多少彎轉，多少山村，忽隱忽現，忽高忽低，忽左忽右……一個被新砍的柴薪弓背到地的村婦，一個在黑泥屋門框內呆望天色的老人，幾聲竹林後一閃而過的女子的笑聲，三、四個逐著牛羣擲泥塊作樂的孩子，一角殘破而滿負歷史的廟宇，一個叫做紙湖的城鎮，一個叫獅湖的城鎮，爲什麼叫做紙湖呢？多有趣的一個名字，我很歉疚的如此想著而沒有停下來去追問。我們一生中不知經過多少這樣的城鎮，總因爲行程匆匆，沒有給它應有的注意。每一個村落必然有可歌可頌的故事，而那故事往往是藏在一個地名裏。譬如我常常想著臺南附近高山上一個地名叫做霧鹿，多詩意的一個名字，是因爲有大羣的鹿在此出現於霧中嗎？這個地名必是滿身是詩的神經的山地同胞所取的。我又常常想到臺北縣全然是武俠聲勢的一連串的地名：四腳亭、猴洞、三貂嶺（後來發現三貂嶺是 Santiago 的譯名，我不知應否想像爲一個中國武俠和一個洋番比劍！）……但我們爲了趕路，便不假思索的棄而不探，然後心裏作出一個不能兌現的承諾：那一天我再來細看。

出村入村
出夢入夢
鳥飛
鳥絶
蝶現
蝶滅
一張瞬息風雲的迷人的臉
一段默然無聲的美麗的偶遇

忽然，范寬秋山行旅的巨峯在眼前躍起，我們一轉彎便到了外號小橫貫公路的大湖。

我來捲起妳的褲管
妳來捲起我的褲管
讓我牽著妳的手
踏過沙河的跳石
讓溢過斷木的水寒

洗濯妳我足踝的疲倦
讓透明的夕陽
把一排山居的屋簷
一下子完全點亮

一九七七年八月十八日

千岩萬壑路不定

——向武陵農場

說是山的召喚，還不如說是天空的召喚，我們緩緩的蛇行上升，把滾滾翻白的谷關的河水，拋到千尋的腳下，把平靜到幾乎凝固了的河潭和守護著這水翠的劍巖攤成一張藍綠層疊的地圖，此時，若是有鳥飛過，你也許只會感到空氣微微一顫，卻無聲，幾是無影，因爲我們正馳行在通天的山路。

天空
沒有說什麼
矗立的峯頂
也沒有說什麼

把聽覺扭得細細的
去凝聽
藍天裏
松針濺射雲浪
天空
沒有說什麼
矗立的峯頂
也沒有說什麼
我却如此痴迷地
向它的內裏
挺進

× × ×

不可回顧
那被雲

被山
切斷的
來路
不可抗拒
天空
引領你
越星辰的飛渡

一面是離地升騰的飛逸，一面是必需腳踏實地，在險峻的陡然削落的斷崖旁，我們俯視深谷時幾欲跳離胸膛的心，必須依靠著我們有力的雙手和牢釘似的腳把它凝定，就是在這種脫塵超升與喜懼交錯的心境之間，我們驚嘆自然的崇奇而不敢作征服自然的狂語。

千岩萬壑路不定，峯迷峯現，如一頁頁的綠浪百步九折的翻轉，雲無心而飄過，染峯翠而著青，竟也澹澹而欲滴，突然，彷似天開而列缺，妻說，「你看！」好比霹靂崩摧，眼前現出難以想像的岩石的一道峽縫！上無以極目，下無以見底，好狹長畢直的裂口，乾淨俐落，後面陽光晶亮，另有山水另有天，清澈易見。此時，竟想起初學英詩時的一首兒歌：

如果所有的海變成一片海，那片海將有多大！
如果所有的樹變成一棵樹，那棵樹將有多大！
如果所有的斧變成一把斧，那把斧將有多大！
如果所有的人變成一個人，那個人將有多大！
如果那巨人拿起了巨斧把巨樹砍下落入海中，
那濺射啊該有多大！

這是詩人飛躍的想像，大家讀著時，一種移情作用，也跟著把視界和感受擴展開來，但我們不相信這個故事的可能性，況且詩中也只說「如果」而已。但眼前巨石的峽縫，又是誰的巨斧從索雲的峯頂一斧砍下直落無底的深潭呢？這豈可是詩人的想像！還有

風的大鐮刀
霍霍的
霍霍的
兩下
便把萬尺的山頭

割斷
水的大磨銼
如龍
舞弄
穿石環山
漩升迴降
好一個插天的螺殼！
好宛轉多姿的雕花！

風刀水銼都已消失萬年，我們俯視仰望，仍然可以感到自然模塑的雙手的壓、推、撫、轉，依然聽見刀銼鐫刻的洪音，我們的陶瓷，我們的雕塑，是何其的卑微啊，誰，是誰如此的狂妄，說「巧奪天工」，說藝術可以取代自然！去接近山水，不是放浪我們的情性，而是去認知我們在萬物化變裏的微不足道的渺小而學習謙卑，去聆聽萬壑空寂中一絲天籟的訊息！

就在萬仭絕壁夾縫中的燕子口，在九曲廻廊間佇立，仰首不見石壁盡處，無怪乎古人以鳥道稱之，太魯閣的巍峨我們抓不住，在那立霧溪如雷的水聲中，我們彷彿聽見太白的詩句的廻響：

「上有六龍廻日之高標，下有衝波逆折之廻川，黃鶴之飛尙不得過，猿猱欲度愁攀援……蜀道之難難於上青天……連峯去天不盈尺，枯松倒掛倚絕壁，飛湍瀑流爭喧豗，砯崖轉石萬壑雷，其險也若此！」一個藝術家或有同樣磅礴的氣魄，至於直展如牆矗入青雲的石壁上巨大洒脫飛逸的紋彩，其超乎我們所能分辨的色澤，人間裏沒有一個雕刻家畫家能鏤鐫與著塗，自然的偉力和耐心便是我們最好的老師，看這舞躍的一筆，何止是千年的磨洗！一若北海岸野柳衆神默默的人像和石乳，風侵海蝕，肖妙以外，其扣人心魄之處，便是使我們不得不進入其萬年層變的冥想，就是一個平素不作邈遠的神遊的俗子，此時也禁不住感觸到時間的脈搏的跳動。其令人驚嘆之二，便是，風侵水蝕，在許多情形下是一種平滑斜傾的狀態，但就在野柳這個地方，石乳和人像獸形不作圓圓的一團（這是磨洗最易發生的形狀），而是凸凹分明，光暗顯著，大小有次，我們如果說這是自然活動一種意外的結果，這便是神奇的意外，我們禁不住想，自然偶然也有著意用心的一刻，留給我們變化多端的體例，讓我們感染到，在人生無止的運行裏，必需有美的發生。

萬年的層變在這個裹在萬峯的深谷裏製作了多少驚訝和美的作品，我們無法計算，正如我們無法走盡裹在谷裏的山谷，多少巨構，多少精雕被藏在深岩裏待我們去發現，就舉我們站著的地方的對面吧，大塊乾滑黑岩的中間忽然多出了一池無人可以攀達的清泉，映照著一朶山花和一隻翠鳥，平靜、安祥，等待著有心人的機遇。深谷中還不知有多少我們無從看見的瀑布和瀑布所雕成的環形碟狀旋飛濺舞的岩石。我們可以看見的，只是溝通東西兩岸的公路上所能顯露的，沒有通路到達的斷崖危峯，將仍保持著其萬年前處子的素樸，各自拂動朝霞與夕暮。

我們走在橫貫公路上，也自然想到「地崩山摧壯士死，然後天梯石棧方鉤連」那些爲築公路而犧牲的榮民，我們對築路者犧牲者有著無限的感激，是他們把鳥道化成人道，使我們能穿石越谷旋攀而通天，使我們一步步躡足踏入雲深的不知處，而領受自然的教諭，也許我們應該推入更遙遠的歷史裏

在迷濛遠古的一個春天裏
谷口出現了一隻麋鹿
是何種神靈的召示
使牠雙目閃爍，躊躇在歧路

在迷濛遠古的一個春天裏
溪邊出現了一對獵人夫婦
是何種意外的機遇
為一隻麋鹿作經年的追逐
翻山越谷

不反顧不回頭
涉溪築棧
依循麋鹿的挑逗
旋升滑降
一若星辰的寂寞
走壁飛岩
踏遍萬千丘泉峯壑
在迷濛遠古的一個春天裏
因著一隻神異的麋鹿
因著泰耶族獵人的追逐
裹在萬峯裏的芬芳
由是如花
瓣瓣的開放
在迷濛遠古的一個春天裏……

「泰耶族，泰耶族……」我們一面唸著這神異的名字，一面彷彿在公路上下隱約可見的小徑上聽見那泰耶族的青年背著他的新娘唱著歡快的歌聲，在狹谷中廻響著。

說梨山美，我想現在看不出來，因爲多了觀光公害之故。如果你在鷄未啼時便起來，獨立高岡上，看雲山的互戲，在極靜之中，你是唯一的清醒者。站在梨山的高岡上，彷彿站在一朶含苞未放的花的尖端上，每一個山頭都彷彿是半開的花瓣，召喚著你去攀緣。

就是沒有觀光的公害，妻和我對梨山仍是有偏見的，我們覺得站在花苞之上，比不上向花裏潛行來得多變。這可以說是和其他的行程有極不同之處，譬如你向東埔溫泉行進，在集集和水里附近看出去，河谷扇形的向兩面展開，羣山跌宕，消失在迷茫中。向梨山方向行進，一進山便似被包在花瓣裏，委宛地繞行，尤其是由梨山上向環山武陵方向潛降而行，更是詭奇而神秘，因爲車不斷的向山的內臟沉落，一下子羣山升起，把我們包在山的內層，一若舟子之被海浪吞沒，但我們一面覺得會窮困於山的內裏，一面卻見到山頭輾轉開出新的山谷，新的瀑流，而突然，一山的水梨，在衆峯圍抱的中間，竟是數百戶人家鷄鳴狗叫的山村，取名如實境——環山。如果是春天來，一定是「遙看一處攢雲樹，近入千家散梨花」，而從山外的城市人來看，也許只是「世間遙望空雲山」，也不疑有滿目梨花的環山了。

如是我們愈往山裏沉落，我們愈加無法量度我們的位置，我們會不會走到一個出口？我們往山裏鑽進，彷彿此谷卽彼谷東山是西山，況且深山夜早臨，雖只是下午四時，已覺暗影重重，我

們正在狹路上遲疑的時候

夾道宛轉
纍纍粉紅水蜜桃
數里松聲相邀
山開溪露
樹斷成橋
涉裳水中武陵
拂袖星裏夢境
四五茅亭
清茶靜坐好逍遙
山菜野禽
冲雲長瀑月來照

夜把花瓣復合，我們被裹在花心的武陵裏入眠，等待著天明和花一同醒起。

山濤與雲岳

靜——
緩緩的停定
霧
好細好細的
樂音
只有微微欲滴的
松林
聽
見

一下子，所有的說話聲，笑聲，輪轉的磨擦聲，都被淹沒在霧的無聲的世界裏，時間彷彿凝住，像隔著厚厚的玻璃，看松針寂寂，寂寂地搖出四濺的乳花；白色的世界之外，我們把耳朵拉長，去聽陽光落地，飛鳥穿藍，馥蘭撕裂空氣而吐芳，流泉突破岩石而冽冷，好遙遠啊，這些在白色世界以外的活動。告訴我們漫展中的霧的疆界，她隱現若靈的行藏，和她幻化多姿的體態。我們走著，像星月盡失的黑夜裏歸來的樵夫，憑著本能摸著峭壁的棧道，全心全意的踏著霧的脈搏，要走出呢？還是走入這若隱若現、認識猶似不認識的世界？

「我也曾有過詩思的少年時，那時啊，我最想取個『松青』的名字。」看著霧中的青松，不知她當時想的是微雨中的松青，還是山瀑滂沱的松青呢？我也沒有問，便和她撥著更濃的白色，繼續探進。

「松青，」她有點愕然，隨後便會意地眉睫輕展，「現在或許應該喚妳爲『松霧』或『霧松』，如此細緻柔幼，如此的神秘……。」她便更開心的笑了。

松霧、霧松，我是在懷想另一次霧遊的經驗。記得，那一回我們進入青松綿密的棲霞山的時候，一下子，那大都會鉛塵撲撲煉獄裏的呼喊，坪林彎路上金紙銀紙中亡魂的形影，都向洶湧升騰的霧白裏沉沒，在無聲的白的流動裏，我們頓覺離開那沉重而怠倦的人世，浮行在一個沒有記憶的無涯岸的新境裏，我們手拉著手，踏著霧隱退的每一步足跡，每踏一步，那一步便像記憶那樣立刻被封合如水的乳牆鎖住，或許是這種不爲舊行跡所維繫的刻刻新鮮刻刻神秘而帶有恐懼的前進吧，現而復隱、隱而復現，看不見前路所向，追不回來途所經，我們試探而興奮於每分鐘的呈現，譬如這棲霞山上的松樹吧，是因爲松青特濃而樹影層叠多變嗎？還是山岩奇特是故樹體多姿嗎？沒有霧的時候（有沒有霧的時候嗎？）沒有霧的時候，你或許只看到松林一片，神異逸麗俱無。是霧，既流動復凝定，雖無聲而有樂音，像那有心的藝術家，把一根不爲人所注意的枝椏，經過長久的凝注，呈現在畫圖裏，使你驚異它氣貫其體之姿。穿行在無涯岸的白裏，山形樹影，都是舞沓中突然冷凝的姿式，或携幼而顧盼，或莽撞而互讓，此迎風，彼含露，東雲聚，西星散，左有鹿躍，右有蟹橫，前有纏龍，後有吊蛟……。像書法中一筆一畫都可以看見氣的凝聚流動轉折和收放，是霧，把次要的形體沒去，把自然主要的態勢呈出，刻刻新奇，刻刻變異。

要走入呢？還是走出這若隱若現，認識猶似不認識的世界？我們手拉著手摸索前進，霧的疆界未知，穿行在未知裏，我們刻刻鐘都有新的追望，追望白色世界以外的陽光落地，飛鳥穿藍，幽蘭吐芳，暗泉冽冷，香稻溢田，牧歌浸野……。我們走入也走出，被吸引住而滯留復又急著離開這個既幽柔而又神秘的世界。

我們手拉著手繞過山路前進，在無聲中交換著我們和自然的心聲。當我們逐漸高昇的時候，濃密不可分的樹形漸漸明朗起來，我想，我們已經到了霧國的邊緣，馬上便要走出去了，正是一種猶豫一種眷戀的時候，忽然，我的伴侶說，「你看，我們彷彿從水底升到水面，我們半身浸在雲海裏！」

層層卷卷的
雲浪
湧向岸岸
激濺
激濺
雲花
在半空中
停住
琉璃清脆的陽光
洒滿
對岸的青山
聽：
那剛出海的
竹筏
驚起一羣
浴雲的白鳥

面對絕靜中這些無聲的活動，我們應該用語言打破它的豐滿呢？靄靄雲臺，像一切溢出的美麗，我們應該從那一句話開始呢？每一句讚美的話彷彿都切合，但那一句話彷彿都不足夠。這時我才明白俳句大師芭蕉面對著叠叠的松林而重覆地直呼松樹的名字。也許我們應該像愛斯基摩人一樣，面對著無垠的冰雪，重覆地唱著：「你看！我多高興！這些冰雪，前後，左右這些冰雪，眞好！這些冰雪，眞好！」

我們半身浸在白霧裏，環目四看，萬里雲接，層叠卷昇，流沖噴洒，開合拂掃，趺坐躍騰……有數不盡的氣勢和不可名狀的形體。稱之爲雲海，只看到它浮游之姿，有機會從高空馳行平看，你往往會驚異其變化萬千的組合，實非「雲海」二字可以形容。我未曾在大漠的絕境中親身經驗到海市蜃樓的奇景，雲在高空上這變化萬千的組合，對我來說，也可以說是一種海市蜃樓，山巒起伏，峭岩突拔，大河傾瀉，漠原一帶橫展，邊遠處，亭臺樓閣，飛甍櫛比，兀是一個雄奇的城市，有時，斜照西來，隱約是金黃垂天的投影，橫亘在微微顫動的蘆花上。

此時，我們腰際裙雲，從絕靜湧起的是疊疊峯巒，大大小小約近一百之數，正好山路廻環，我們沿著圓周移動，彷彿賞看一座龐大的雕刻，每一個角度都是變化，每一個方向都有峯巒新的體姿，沒想到綿柔的層雲，竟潛藏著如此的剛勁雄渾，昂視太空。

「你有沒有想起，這，我們曾經見過！」我們幾乎同時叫了出來，好熟識的景象，好熟識啊，是另一次高山的層雲嗎？或者，或者是過去的夢的重疊？我們廻環走著，應和著雲峯的召喚，去追憶在什麼時空中相同的景象，棲霞山是初識，這橫展的峯巒是初遇，這，我們很清楚的知道；我們廻環走著，廻環走著，走在一條沙石的河邊的路上，看著峯巒，一個一個個性都特異的峯巒，如衆神守護著高天，靜靜地呼著無形的風，喚著流動的雲，交替地展露著他們的招式……一切逐漸的明朗，那熟識的景象原來是草屯路上的九十九尖山，一組不爲一般遊人所注意的宏麗雄奇的峯巒，我在許多次去埔里的路上看見，雖是驚鴻一瞥，卻是始終難忘，有一次還專程由臺中開車去，想找出上山的幽路，看我未能看見的另一個半圓，但徑紛路迷，只能在水流風動的河邊呆坐而對看，九十九尖山的美，美在每一峯頂的有力的舞姿，說棲霞山上的雲峯綿柔中藏剛勁，九十九尖山的峯巒卻是剛勁中露綿柔。

雲海上湧出峯巒，叢林上拍起濤浪，山濤與雲岳，質異而性似，靜動陰陽互替，兩個不同的空間，兩種不同的體性，突破一切的阻隔而並聯，互相呼應。其能如此，因爲我們心靈的暢通嗎？還是自然本身氣之流動永久無間的藝術的操作？說山是兀立不動的固體，但我們知道，大化之氣曾經流過，故有山濤之姿；雲雖虛，其可動可靜，流散而爲透明的薄紗，凝聚而爲騰躍的峯巒，我們知道，大化之氣曾經操作；霧靜若止，我們彷彿可以聽見其移步的輕音，我們知道，大化之氣正在運轉。氣韻生動，豈止於自然山水而已！我們的呼吸、血液、行走、舞躍、揮筆、操斧……豈可以無氣韻而存！

靜——
緩緩的停定
你可聽見
無聲中
微細微細的
交響？

一九七八年秋

誰能超世累、共坐白雲中

——宜蘭太平山行

「人問寒山道，寒山路不通」，這是寒山的詩句，如果說，宜蘭的太平山近似寒山道，在林務局的三條千餘公尺的索道建好以前，完全是恰當的，事實上，寒山詩中的境界，則現在仍時感貼切：「登陟寒山道，寒山路不窮，谿長石磊磊，澗濶草濛濛，苔滑非關雨，松鳴不假風，誰能超世累，共坐白雲中。」

寒山道在寒山詩的形象化中是一個理想人格與生活的體現，嫵媚而玄美。太平山的幽奇，實在不落於寒山之後，熟識太平山的人，親近過太平山的人，相信讀起寒山詩來，必覺句句猶如己出。

像許多未去過太平山的人一樣，首先吸引著我的是太平山的玄秘的傳聞，雖說林場索道和區間接連的蹦蹦車（小火車）的系統已建了半世紀有餘，但能夠上太平山的人不多，其實知道太平山的人也不多。於是，去過的人回來便有種種玄秘的描述：纜車突破雲層，飛升入天，扶風直上九千里，披雲帶翠，衣振萬星。又云太平山、大元山夜對浮遊於雲浪的米芾的山峯，看幽月微升，寒露濕履。十年前聽到這些，便神往不已，倒不盡是寒山的挑逗。但「寒山路不通」，竟要等到十年以後林務局副局長許啓佑先生的安排我們一干人等始得如願。

一、溪山清遠的蘭陽

我們離開了吐著毒塵的大怪物——臺北——的蠶食，翻過了松香雲冷的棲霞山而降落到臨海的蘭陽平原的時候，已近中午時分，在宜蘭等著我們的林務局的吉甫車已熱切的要帶我們上路，風馳的吉甫車把絹白透明的正午割得颼颼作響，此時，我們因興奮而早起所帶來的疲倦，竟有些壓到眼瞼上來，但到再連的時候，車轉入宜蘭到梨山的北部横貫公路，沙塵撲撲，原是最易入眠的顛簸，我反而不自覺的把疲倦推開，眼睛在塵沙中突然的明亮起來，車子在山腳曲折廻行的時候，

疊疊的山谿
彷彿是

爭先恐後的巨靈
你從這邊推過去
我從那邊推過來
逼得那不由自主的
蘭陽溪
不得不發揮她蛟龍的威力
把山岳
往兩旁大力的扇形一撥
再猛力衝向
太平洋

我沒有因爲撲撲沙塵的顚簸而入睡，壯濶平遠的蘭陽的溪山並沒有因撲撲沙塵的翻飛而減其澄明清麗。此時的蘭陽溪，沒有滾滾的河水，只有清脆如玉石的淙淙細流，迂廻於空無一片赭白的砂石之間，遠遠流入迷茫的極限，至於河谷兩岸的高山，翠綠聳矗，

那一個山谷

聯著
那一個山谷？
如何去辨認？
如何去記著它的轉曲？
山疊山疊
山入雲
峯重峯重
峯出霧

我沒有去數多少路轉峯廻，谷出谷沒橋復橋，每每我會默默的對自己說，沿著這條支流的頁岩攀援而上，另有深山另有天，峯頂靜坐在雲端彷彿回答著我，來吧，來吧。但那一次我們會切實的記得這一瞬而過的美麗的接觸而做一次會面，我們爽了太多的約，正如我們忘記了太多的無名的溪流、無名的橋，即使你有這份心事，帶著照相機，帶著畫筆，你也無從攝取而得。我們所銘記於心的，必是動了感情的瞬息，必待你沉入那瞬息的內裏，即使那是一塊小小的卵石；清遠的溪山很多，是一種際遇促使我在撲撲沙塵中任蘭陽溪流入我的胸中。

谷出谷沒橋復橋，當對岸慢慢向我們移近，我們知道該是上山尋雲路的時候了。

二、土場：雲路前的塵念

一個被廢棄的火車站，靠岸河床上幾間炭黑的矮房子，山邊由山裏開出來的蹦蹦車的鐵軌，切斷在山邊的半空中，斜坡上橫亂的堆了一些新砍舊砍的杉木——這，便是曾經名震羅東宜蘭的木材起運站土場。

曾經啊——
好沉重的三個字
曾經是——
穿流不息的
檜木杉木濺瀉著河水
激盪著工人的呼喝
穿流不息的
貨運火車的輪響
逐著奔騰的流水

向喧鬧匆忙的蘭陽
穿流不息的
入羅東的木材商
穿梭著徹夜放明的酒家
穿梭著珠光寶氣的排場
曾經是——

當時的土場有多大，我們已無從知悉，往羅東的火車道已荒廢，我們只隱約在對岸的山邊見著。

三、入山穿天尋雲路

雲路在那裏？
雲路在高天。
高天在那裏？
高天在峯巔。
峯巔何處覓？

疊嶂層層變。
幽林偶吐煙。

要上太平山的峯頂，如果覓路而往，攀葛而行，不知要花上多少天，我想必如寒山道一樣，因爲「聯谿難記曲」，松、草不辨而迷途，而路上往往「徑窄衣難進、苔粘履不前」或「半路困風煙」，在林場工作的人，或登山踏勘者必有此經驗，雖然習慣了的人，一路拂煙而進，對自然界各物有了深厚的情感，自也可以如寒山子一樣：「住茲丹桂下，且枕白雲眠！」那也洒脫！

太平山的峯頂，從山腳看，迷茫不知何處，只知道在雲中，我們必須穿雲而上，事實上，叠嶂重重，爬過了一個山峯，穿過了一層雲，也無法看見。

我們的吉甫車從土場濺著河水跨過對岸，然後蛇行高昇向仁澤溫泉行進，仁澤是登山索道的第一站，上山後還要接上蹦蹦車（行二十分鐘左右至蘭臺坐第二站纜車，再接上蹦蹦車至白系坐第三站登山索道，再接上蹦蹦車），馳過分水嶺始到太平山。從仁澤下看，白沫溪水四溢，已見騰躍，不料向峯頂的站看去，巍峨筆直入雲，則善於輕功的武人，亦將頗費勁，環峯如抱，似在天極。我們急著鑽升入雲，看環峯以外的世界，我們魚貫入木籠的纜車，孩子們興奮的驚惶，在離地之前，嘩然的叫聲已搶先發出。

手搭著手
搭成一串
環鍊的巨靈
忽然一齊蹲下
我們如噴泉的花
衝向高深的天藍
巍峨的樹林
都弓身
呈獻她們的秀髮
白雲展開垂天之翼
從我們的腰間
舞過
如此輕的絹被
無聲的把午後的山谷蓋上

可是，一批巨靈蹲下，另一批更高的巨靈把我們圍住。我們每一次的升起，都有飛揚的感覺，那種快意，卽使飛機的高飛亦不可比擬，飛機的高飛當然是一種騰躍，能給人無比的振奮，但它飛升得太快，和塵土切斷的太快，只幾分鐘便與人間隔離，其後便是保持著不相關的距離，但這裏纜車的飛升，尤其是第二、三次，幾次垂直的昇騰，一面和山靈互相作著換位的關係，作著分秒關係層次的變化，雖離而不分；一面是壓根兒未曾切斷，不但索道是我們與塵世接連的臍帶，我們的雙足也從未離開過我們的泥土。空間的換位，只是增加我們對山的生命和活動更細的認識，增加我們和山更深的情感。這也可以說明中國畫家不從一個固定的角度去寫生山水，而必需去遨遊數月數載，對山的個性，它的風範，它不同角度的姿式，不同時分不同季節的面貌，仰視俯瞰登高臨下的變化都有了認識，才下筆作畫，這種空間換位的認識，便是讓山的生命和活動得以更親切的顯露，中國畫的透視便是空間連續換位的透視，使我們逐漸進入山的個性裏，中國詩人畫家對自然界有無比的尊敬、也有無比的親切：「細草作臥褥，青天爲被蓋，快活枕石頭，天地任變改。」（寒山）

每一次的升起，飛揚的感覺雖相同，由於空間層次之異，每次的展示都各具其趣，譬如白系索道，深谷的青翠纏綿疊現，或因高山上雨霧多，樹與樹之間的草綠得分外的晶瑩，其間隱約可見一些山人踏過的小路，蜿蜒於溪邊樹下，彷彿這才不過是昨日的行跡，或許還有麋鹿來過水邊喝水，或許還有猴猻……一條不爲山下人所見的瀑布，無聲的向下冲濺，冲濺的白色忽前忽後忽左忽右，像啞劇中的一些動作，引向更遠更遠的下方，眼前打開一大片青天，許多曾是我們仰視時的巨峯，現在卻是幾個柔波，盪漾在遙遠的谷口，忽然橫雲一片馳來，我們竟不知峯是波雲是帆或是峯如島雲若波，靜靜的演出，天然的劇場，此時此刻，朋友，讓我們一同巖前坐，拋去心中殘存的塵世的憂傷。

四、巨靈世界裏的玩具火車

途中最能使大人和孩子們拆除年齡的障礙而放開心懷地驚異、興奮、不停地轉睛搜索新奇的，莫過於登山的蹦蹦車。對小孩子來說，火車是永遠的玩具，有訴不盡的惑力，何況是小火車，接近他們細小空間世界的小火車！又何況它騰空而行，飛簷走壁！多麼像童話世界裏、卡通世界裏，火車馳行在拋物線似的由這個高山山洞越過深淵抓住對面峭壁的軌道上：驚險，刺激，不可能！對大人來說，一種壓制在心底已久的「赤子」的慾望，忽然得到了解放，因巨靈臨幸，因進入了他們已經遺忘了經年的童話的空間。原是站在場外高高的俯視玩具火車穿越山溪的觀衆，忽然變成了玩具火車裏的乘客，往巨大無匹的外在世界看出去，掃天的柳杉，倚天的山峯，多有趣的換位啊！此時，你忽然找著了你從未認識的自己，在大天地裏確切的位置和尺寸！

蹦蹦的搖行在山的肩膀上

你可曾擔心
把天碰醒？

× × ×

彷彿是浪濤的波動
山漲山退
山湧山落
多少個雲灣我們搖過
多少松杉的浪花我們衝破
我們是善於航山的神童

當我們越過元水嶺而在太平山工作站前的洪谷緩緩停下的時候，我們止不住洶湧滿襟的興奮，興奮於山濤的騎航！當我們品嚐著主人細心特製的山茶，呷飲著主人熱烈的勸酒，我們止不住那飛升搖盪的回味，回味著山雲寂靜的演出！當我們躺在草床上，裹在溫暖的被窩裏，我們止不住夢的馳行，馳行入天地的運轉，幽幽的在清寒的夜裏。

五、龍蛟翻騰：原始森林的幽探

「愛麗斯，往這邊看！」剛剛從眩暈的墜落醒來的愛麗斯，還不知身在何處，揉了揉眼睛，只見森暗中的微光裏，有大大的圓木排成的梯級，「我應該走上去嗎？那梯級引向那裏？」正在陰暗中遲疑的愛麗斯，忽然聽見一個好細好細的喚聲，從微光的深處飄來，是誰的聲音？她急急的走了幾步便停住，不知是因爲那猶存的眩暈，還是那森暗的本身，她摸不透她欲進未進的前路。「愛麗斯，往這邊看！」仍舊是沒有說話的人，但微光漸漸亮起來，愛麗斯不看則可，一看之下，她大叫一聲，奇怪，她那叫聲爲什麼沒有發出來，眼前苔色棕色黑色的龍蛇蛟虬互相糾纏著在陰森森的光影裏翻騰，一環一圈的糾纏中有垂條飄滴，愛麗斯先是驚惶，後是興奮，她也不明白她爲什麼興奮，也許是，這種神幻的景象她壓根兒沒有看見過，那圓木左右彎轉的梯級忽然亮起，穿梭在翻騰中的蛟環間，引向更深的陰暗和更多的翻纏，「我應該穿過它們嗎？龍蟠、虎踞、蛇弓、豹騰……」

愛麗斯也許沒有墜落在這裏，太平山公園裏的原始檜木森林卻是十足十的夢幻的仙境，滿地是令人驚訝的蒼檜苔色根幹無盡變化的翻騰，由於葉木的濃密，卽在午間亦森暗幽明，則沒有愛麗斯的故事的挑逗，遊人亦將有愛麗斯之思。倘若你擡頭遠望，漂白的檜木的雄姿，又如將軍揮戟，直搗天藍，設使白雲飄過，又彷若仙客揮巾。從原始森林山下仰看，只知有檜木柳杉的雄奇，又如何想到樹下幽玄如此，忽前忽後，忽左忽右，上上下下，洞外有洞，枝斷復枝，如此之深如此之繁，竟日而不盡，百看而不疲。

看著看著說著說著，呼呼一聲，一陣猛風從一個深暗的洞穴撲出來，妻嘩聲一驚，幾乎跌入蛟龍的翻騰裏，原來是惡作劇的甥兒，乘著幻境的逼眞作了一聲虎嘯，也眞有想像。

六、山人的日記

㈠半夜寒氣侵肌，醒來，抖不掉昨夜故鄉的夢，是昨日迷途在人跡不到的鳥道所激起的嗎？日還未起，庭前白雲圍擁，遠處浮峯上一顆淡淡的星，我決定披衣出去走動，因惦念著昨日初識的澗泉，我輕輕推開木門，深怕驚醒呼吸平和的妻子。

㈡坐在峭壁的東面，想追憶所經雲山，數來有九百之數，慚愧者，泰半竟未命名，手中又無類書，詩集亦只靈運一冊，不足以描盡此間奇岩，白日因公因私，總行經不少青嶂，澗聲微響，鳥啾偶聞，但峯丘寂寂，彷彿靜中有語惟我獨知，每欲訴諸文字而不得，悵然。

㈢昨日看罷杉林情況，歸家太晚，決定巖下睡。

㈣好一株　早梅　雲　湧動著　暗香的　溫暖。

㈤深山棲隱，難得有客至，今日局長帶來稀客多人，只得山菜款客，客人竟視爲山珍，謂市中不得，聽著甚樂。座中數人，俱善談好飲，語多投機，我近來杯中難得盡興，今夕決不醉無歸，斗酒三十後，泥醉山搖而返，無悔！

㈥今晨看日出不遇，正恨恨然，林中忽遇翠鳥，我們相共和唱，竟朝不倦。

㈦執卷巖前，竟日蒸雲不散，及暮，明月幽幽浮起，點亮晚風吹動的雲浪。

㈧途經碧沼的石牀，竟和去年所見完全一樣，寂然無塵，鄰友虎鹿可曾臥此？

㈨白雲掃落葉，秋深矣。

七、超羣特立的山巒：連連斷斷的冥思

雲路何處盡？

只有問青天。

雲霧聚聚而散散、散散而聚聚，朝夕瞬息萬象萬變，其能化而有體，合而多姿者，俱山岫各物所承，說山因雲而飄逸，固是，但雲無山則流失；霧因見鹿而成象，霞有樹始見形影，萬物萬性，陰陽互襯，故有萬物萬情，明此便可作永生遊而不厭，雲路永無盡，不必問青天。

但山岫連綿成路，挑引著我們前進，山外山外山外山，我們知道，只要我們給與時間，我們可以窮其盡，看遍千山始歸家。我們要嗎？要上大元山，渡翠峯湖，橫跨南湖大山，在峯頂上喝倒羣星嗎？有一個微細而有力的聲音在深邃的心中靜靜的呼喊：要。是要，是想，是人都共有的一種慾望，登山者餐露披霜而往，可是爲了果腹之慾嗎？還不是爲了振衣千仭岡，還不是爲了更熟識山的情性，還不是爲了確切認知我們自己的位置。所以只要機緣相合，我們自應盡量去觸探。

由是，次晨，我們坐蹦蹦車由太平山再進，山氣清脆若琉璃，杉香濃郁不醉仙，快到獨立山索道口之前，我們下車踏著枕木而行，峭壁深岩險峻，對初次經驗的人，有振奮他們全身神經之功，孩子們最樂，大家全神貫注，竟沒有人記得拍下最眞率的人性的鏡頭。

獨立山之名爲獨立山，自然是超羣獨立，與其他峯巒不相連之意，但我們既能來到，便表示它不完全獨立，但它既然建了索道，又表示它確與另一些山頭相斷，嚴格說來，它曾經斷過嗎？削立深崖，看似切斷，但又何曾斷呢？就沒有斷，如今索道斷了，廢了纜車，我們便無從飛渡，接上其他的蹦蹦車道至大元山、翠峯湖、南湖大山，我們現在要上那些山，便要從羅東另一個方向上去，這樣說，這不是切斷了嗎？但再深的想一想，我們眞的被切斷了嗎？我們慢慢走下深谷，再爬上對面的山峯，不是也可以達到嗎？空間未斷而實連，我們被切斷的不是空間，而是時間。「人間寒山道，寒山路不通。」但寒山子不是去了嗎？不只是去了，而且一草一露都踏遍了，他用了時間接連了被時間切斷的空間。是誰用時間接連了被時間切斷的太平山的各峯？是建索道的人，是他們克制了時間，讓我們飛渡空間。但在獨立山索道的構架上遙望南湖大山雄姿橫展的時候，山谷一片清明，早晨凝聚的雲霧全散了，這是說，中午已經臨近，也就是說我們該下山了。我們無法再進，我們仍然逃不了時間的切斷，我們只能讓我們的思想，像獨立的獨立山一樣，停駐在天藍裏。

誰能超世累
共坐白雲中

一九七八年九月

柔化我們生活中的策劃性

前面一片樹幹筆直葱翠的松林，把空氣溜得著實清爽，彷彿天藍因著它們的緣故而進入了我們的胸中，讓白雲白鳥在那裏展翼飛揚。這樣一個瞬間，你也一定經驗過，你作了一刻的停駐，什麼也不想，讓無聲的琴鍵在你的心房中廻響。這是許多美的瞬間之一。這時，你也許不曾表示過什麼，但「予欲無言」的心境情懷也一定有過，生怕一些聲音一些話語會破壞其中的冲虛妙冥。

偏偏有一個人在那時候用清爽、振振有詞的聲調高聲的宣說，「好一片木材林！」眞是大「殺」風景，我們不知道該憤怒還是傷心。

憤怒，不只是因爲我們的美感被汚辱了（我們豈可爲個人私心的美感而憤怒！）而是爲了我們現代人逃避不了的「物質化」「貨品化」。他們看一棵樹不見其美與本樣而只見其用，他們看人也只見其用，即所謂「唯才是舉」，「唯用是圖」，即「你對我有什麼好處」的考慮，也因此不見人之爲人的眞質眞性。

自從人攪心遣思去想如何去「用」自然事物，如何去宰制、支配、組織、操縱自然，他已經違反了他的本質，讓私心的要求得勢，把「用」意對待他的同胞，而不是協助其本能存在的眞質作全面的發揮以達致大家共同擁有的互惠合作的社會。由是，他已經變成一個策劃性的動物。其結果：「舞手蹈足，不事生產，吾不爲也；雕石塑泥，浪費時間，吾不爲也；緣音發意，抽象乏義，吾不爲也；至於爲一片松林讚歎，此乃不切實際之瘋子之行耳。」

策劃性人的活動原則是一切要中規中矩，具有極高的排拒性，甲，離題，不用；乙，出奇，不用；丙，修養之意雖好，收效太慢，不用……。人際關係，循環慣性，本末體用便殊位。不要怪他，他是鋼鐵的架構，只要少了一個齒牙，便配不上去。或問，是如此的嗎？才性本就分離，爲了效用，爲了一致，爲了……。說什麼「興、觀、羣、怨」。怨，誰的怨？怨，他還能忍受。什麼興？什麼觀？什麼羣？是相當遙遠的微響了。什麼？這是孔子說的？既是他老人家說的，總有派上用場的一天吧。他說著，想著，想來想去，這三樣東西居然沒有一樣是「工具」，不是「工具」又怎好用呢？就這樣因循著，慢慢地，他忘記了他曾有過發自心頭的舞手蹈足的衝動，忘記了他曾揑土成城的快樂，忘記了夢裏高歌醒後欲乘風騰躍的感覺，忘記了他甚至曾見物成句的飄逸，啊，忘記了他甚至曾經爲了導向人類回歸自然本性而鼓吹革命。怎麼忽然一切都隨著年齡（文化成熟的年齡？）而幻滅。那些，那些啊，都是幼稚沒有成長的東西，他狠狠地便一刀割斷，讓自己成爲一件任人擺佈而又擺佈他人的大工具。

如果說詩或者藝術可以救人，使人不墜入「物質化」和「貨品化」，這種豪語我怎敢說呢。我們未被逐出詩門已經謝天謝地了。試問，詩有什麼用呢？你說的「用」確實沒有。這樣吧，爲了方便，讓我們把所有的山都剷平，可以多建些房子；爲了產更多的九孔，把迂廻曲折的海岸線全部劃成方池；爲了增產報國，把所有的曠野變爲工廠用地；爲了使你的妻子更能感應你的「急需」，把一些「隨機應合」的藥液注入她的體內……這樣你要嗎？你說，你不要。爲什麼不呢？這不是合乎你策劃性的原則嗎？

不要，是因爲你自然的生理裏原來還是有一股柔的東西，一股你逐漸已經離棄的美的衝動……。

說詩或藝術可以救人，使人不墜入「物質化」和「貨品化」，是豪語。但詩，像你妻子偶爾的眉波一動，使你記起你曾經是溫柔的種子。詩，算是個提醒者吧，策劃性，最澈底的策劃性，原是要你遠離你自己的。

你搖搖頭，對著藍天下的松林，不怎麼相信我的話。

一九七五年

四四方方的生活曲曲折折的自然

我們都有過這樣一瞬間的欲望：
走出箱子一樣的房間
脫下箱子一樣的鞋子
拆下繩索一般的領帶
鬆開繩索一般的髮夾
把身體從一個無形的罐頭裏抽出來
把油注入生了銹的骨節，讓筋絡可以活動
之後，我們便有了隨著我們的脈搏起舞的欲望
這一瞬間眞美，眞詩意，你我都知道，無需我向你說明。

但是，我們走出了房間以後，身體仍然是一個箱子，我們甚至曾經隨師學舞，手足都有了舞的姿式，但身體仍然是一個箱子，脫了鞋子以後，腳仍然那樣笨重，領帶拿下來了，脖子仍然那樣僵硬……因爲我們的心靈也是一個方方正正的箱子！

我們多麼欣賞那一刻毫無疑慮自動自發著著無礙的手足的旋動！但我們不敢動，還是動不了？是那個無形的箱子和繩索太堅韌了嗎？

放眼門外

河流不方不正，隨物賦形，曲得美，彎得絕，曲曲折折，直是一種舞蹈。

或於驚濤裂岸，「捲」起千堆雪！

樹枝長長短短，或倒吊成鉤，或繞石成抱，樹樹相異，季季爭奇，其爲物也多姿！

風，翻轉騰躍，遇水水則波興，遇柳柳則蕩迎，遇草草則微動，遇松松則長嘯。

雲飛天動星移月轉，或象或兎或鳥或羊或耳目或手足或高舉如泉或翻滾如浪或四散如花如棋。

則山，則笨重的山啊也是「凝固了的波浪。」

著著都是舞躍，無數的曲線，緩急動靜起伏高低，莫不自然。

想想啊，想想啊，直線的舞多蹩腳，四四方方的舞多滑稽，而我們的生活呢，竟是如此的直，四四方方的，所謂四平八穩，「正」人「均」子是也。想想啊，你們要四四方方的生活呢，還是曲曲折折的自然呢？

一九七七年六月二十八日

第三輯

歷史的探索

古都的殘面

——由京都到金澤八景

一、昏黃的雨裏到了京都

新幹線的車子在京都的車站停下來的時候，是午後四點多鐘，雖然只是四點多，但是滂沱雨後，沉雲如蓋，環身是茫茫一片陰暗，附近的建築物在暗影中層疊如剪影，加上提早點亮的一些微黃的燈光，便像在風中搖曳，雖然只是下午四點多鐘，雖然現在是夏天，卻彷彿如冬天的入夜，汗中竟帶寒意，我們撥著光影飄忽的微雨，携著行囊，急急的由四線大道閃入安靜而親切的小巷，走向一所純日本家庭式的旅館御吉野。

住入家庭式的旅館是岳家的安排，他們說，住入國際觀光飯店，耳濡目染坐臥飲食，雖非盡然是洋式，但也絕對無法身受純日本的民族、文化、人情的風味。家庭式的旅館，除了建築全日式之外，便是把旅客看作家裏的客人招待，這種旅館，據陪我們來的內弟安邦說，是不隨便接受生客的，大多是友人連鎖推介而建立的客戶，平時還不太容易安排出空缺來。我們初來日本，要接觸的正是這種內在的、親切地體驗的生活形式，我們不要如美國旅客，唯美式牛排是問，或如某些中國旅客，在巴黎，法國菜最好的城市，而所有吃飯的時間花在中國餐館裏。

我們才踏入玄關，穿著和服的女主人、男主人和佣人都已趨前非常有禮的歡迎，在請我們在玄關換上拖鞋的時候，一直用很關心的口氣問了我們許多話，大抵是問我們有沒有被雨淋著，旅途是否困頓，快請進來休憩的話，我日語的了解力有限，一知半解，但也感著出無比的親切。

她領著我們走過兩旁夾著紙門的甬道，在右面紙門拉開的一缺口，我們看到小天井裏好古雅的一個小花園，怪石老松，在由竹管引出來的淙淙水泉聲裏，發散著青苔古老的氣味，此時又飄著一些微雨，篩散著水聲，斷續有緻，是靜寂中緩緩浮動的淸音。御吉野旅館原來房間並不多，除浴室厨房外，給人的感覺是較大的一所私人的房子，我想原來的建築本來就是家庭。房間大部分是圍繞著小庭園而設，每間都可以開窗而見。我們走在通道上時，全屋靜寂的出奇，連我兩個好奇的孩子也因此而屏神不語。

房間雖然不太大，但因爲是傳統的疊式（卽榻榻米），房間空蕩，中央只放一張麻栗木做的矮桌，邊上是純白的紙門，壁上掛一張簡單的山水畫，使人覺得很寬敞；因爲是疊蓆，又覺得隨時可以伸張，旅途的困頓彷彿已去其半。我們一坐下，女主人便已送上以精緻瓷皿盛著的素淡清香的綠茶，一面叫我們「請用茶」，一面在疊蓆上放下五套摺撫得平滑的浴衣（日本傳統的便服，可作睡衣，但亦可在入夜後踏著木屐穿到夜市去），「你們請入浴換衣再用飯。」說時弓身而多禮，我們也倣樣頻頻弓身「どうもありがとうございます」一番。

待我們分別入浴回來，矮桌上已放著熱騰騰的飯菜，一般來說，我並不覺得日本菜如何的美味，但我欣賞的是他們招待客人的愼重、講究，特別在選擇器皿方面，由盛飯器到醬油碟子，無不選用具有藝術意味的——通常是淡雅而不妖艷俗麗的器皿，形狀和釉彩均經精心處理，或謂這種吃法只見於招待貴客，我的印象不然，可以提出下列一個反證，在我坐過的兩次火車的經驗裏，其中一次是由東京北行去信州，途經大小站相當的多，乘客什麼階層的人都有，但每到一站所上車出售的便當盛器有粗土製的，有精瓷做的，但各具藝術造型，面貌全異，而器皿上往往印有俳句一、二首。都是一般平民價格，只有中途某高爾夫渡假城出售的除外。（該站的便當盛器是一個白瓷做的高爾夫球，由中間切半，上半爲蓋，下半爲碗，合而爲球，極爲精緻。）我在欣賞他們這些器皿的時候，無意否定某些人認爲日本文化是「包裝文化」——重形式不重內容——的說法，在許多場合裏，尤其在商業的宣傳上，確是如此，但在某些藝術化的生活情態上，實在是很重要的例外。譬如在保護文化（所謂「文化財」）的工作上，我們不能不說他們的認眞，愼重，嚴肅，虔敬處比我們進步多了。我們說拆就拆，被搗毀的文化區域，由臺北到高雄不知幾許！一個建築師漢寶德的呼籲，也只救了十分之一的鹿港而已，而鹿港裏竟有人趁著外國收買古董的狂熱把祖產、把文化財變爲私人財去了。又譬如陶藝一項，誰都知道宋代以來韓、日所受到中國的影響，但在臺灣現在實實在在用古法製造的藝術家，我國有多少，像開放給外國人來參觀的某某陶藝公司，用泥漿倒模然後加釉來燒，完全放棄輪轉和手塑，這也算陶瓷藝術嗎？（前些時看到某雜誌介紹臺灣的一位老先生獨自在做保留陶藝的工作，我眞感動，但他一個人能做什麼呢？）事實上，在我欣賞日本的陶瓷器皿之餘，實在感到一種悲哀，那便是建築在所謂「竊借文化」的日本，對生活的藝術化方面竟然有相當程度的認眞，而「生活藝術化」的源頭——中國（林語堂一生所推崇的），竟然在「內容比形式重要」的藉口下，在「實用」「唯利是宗」的思想下，慢慢將之摒棄。也許，我這種珍愛及懷念中國藝術的情意，像我的懷鄉一樣，是一種病吧。但病因呢，我們也不妨想一想。

二、長安不見使人愁

來京都的第一動機，是要一睹古都的風采，浸感一下古都的氣味。古代的長安我們已經無法看見，雕塑著岩巉的天候，雕塑著戰爭與愛情的天候，早已把長安劊滅無存。但七九四年時的日本，桓武天皇，因感到奈良政治精神的頹廢，遷都到這個盆地，建立了平安京；這個分成洛南、洛北、洛西、洛中的平安京，是完全按照當日的長安的藍圖而建的，當時由唐朝的中國請了不少建築師、藝術技工來，策劃，構思，建造宮庭、廟宇、花園和街道。現在的京都，在許多古廟之間林立了不少高層建築，我們在這古都的歷史的殘面裏，可以觸感到多少古代的長安？

茫茫霧雨獨登樓，登樓
去尋覓隆隆車聲外
鑾輿迴出千門柳
向朱雀大路
向羅城門
向鴨川縈曲的大內
去尋覓穿雲的飛甍
去尋覓帝城雙鳳闕
茫茫的霧雨裏
萬家樹形的隱約中
自大唐歸來的最澄大師
真言論澄卽身成佛

苑花的閣外
萬人靜聽空海
敍述交遊大唐詩人的興奮
用最高的讚詞
論字論句論十七勢
嵐山的紅葉裏
嵯峨的竹林間
唐人的指揮棒
槌鑿架釘的韻律
把廟宇庭園
一一帶起
在茫茫霧雨的遠古裏

像所有受到現代化破壞的城市，高層建築、汽車排出來的廢氣的污染、噪音都在增高，重疊在原來便重疊著許多層面歷史的古都。但如果你能登高樓（譬如驛前的京都塔）遠眺，在撲撲車塵和喧鬧間，仍然看到不少一時彷彿是超乎時間變遷的古都的面影。譬如向東，在小高山的中腹，聳立著觀音靈場的清水寺，該寺據說是平安時代初期的征夷大將軍坂上田村麻品皈依佛教時所建，現存的建築雖是一六三三年德川家光所重建，但仍然具有盛唐影響下左右對稱的伽藍配置的形式和較晚的著重豪華細部的裝飾。該寺騰踞在無數層的木架支柱之上，矗立宏麗，令人高仰驚嘆，若從其最高的平臺俯視，更覺其獨立天庭之勢。旁有八坂之塔，倣更古的東寺的五重塔所建。東寺的五重塔西南方，因為是日本現存的最高的塔，揷雲攬日，極其巍峩，是桓武天皇遷都至此以後弘法大師（空海）眞言密教的根本道場，是密教藝術精華的中心。離東寺不遠的東、西本願兩寺，佔地寬廣，把一個古代的寂靜的世界鎖在喧鬧的中央，是淨土眞宗的中心，其極盛時期有數千百萬信徒。環繞著京城的四周是看之不盡的廟宇與庭院。但對我來說，長安是在茫茫霧雨中的一種若隱若現的形象，是一些殘面的顯影，古代還是在遙遠的時間裏，倒是京都的庭院使我觸感到古代中國的一些跳動。

三、自然的揮發：京都的庭園

若說中國大陸以外，合乎中國自然觀的庭園京都最多，想不為過。如果要每一個庭園都要走遍，細細的品味、比較，或作歷史的追踪，非個把月而看不完，我只有數日之遊，所以也只能擇其著名者略述之，實在不敢侵犯這方面有認識的權威。

中國庭園之爲中國庭園，首要的講求天趣、野趣，一切景物，池塘，小山，溪流，樹木都彷彿原來就在那裏，包括樓臺亭榭這些顯著是人工景物，看來都要似大自然的一部分，起碼不礙，不突出才算好。當然，我們都知道，既是庭園，必經人工的處理，那還能說天趣、野趣自然嗎？中國的庭園藝術便是要依循山勢水勢的個性，務求做到不見匠心安排，所以最成功的，應該是選原來就有林泉個性的溪谷，略加點綴，能宛轉曲折則更佳。中國庭園最忌一目了然，最好能柳暗花明地時常開出令人驚喜的新景（但要合乎山勢水勢隨物所賦的形）。中國庭園和歐洲花園一比，便可以顯出中國庭園的逸放靈異。

歐洲的庭園，始終是受限於希臘亞理士多德以還所追求的對稱、節制和規律的整齊，對於變化多端逸放而不工整的自然山水一開始便有著一種抗拒的意識，對野放的抗拒也可以說對人爲的一種肯定，西方人的美是通過人的近乎幾何思維所構思出來的對稱、節制和整齊。反映在歐洲庭園的，如凡爾賽宮，在宮殿（佔著主宰性的空間位置）前面一條大通道，兩旁對稱地左一右一左二右二地種植著人工修剪的花草樹林，恰恰與我們的自然野放相反。有人或說，英國也有野放的庭園，但我們必需了解，英國這方面的發展是在浪漫時代受中國庭園影響的。把中國庭園和歐洲庭園相比以後就令人憂傷，近代中國的庭園，竟然完全忽略了天趣、野趣之旨，完全不明白如何去依山勢水勢來求宛轉曲折引人入勝，譬如現在在外雙溪的故宮博物院（中山博物院）吧，竟是一目了然，竟是對稱修剪平齊，竟是建築主宰了自然空間的西洋庭園觀念！想想，我們如果和博物院內的山水畫一比，不管是米芾、馬、夏，不管是仇英唐寅，眞是莫大的諷刺！中國的藝術什麼時候讓人去主宰自然的呢？

京都的庭園正是以自然天趣爲依歸的中國庭園，這不光是環遊式的林泉庭園如西芳寺（苔寺），天龍寺等是如此，卽就日本風的石庭那種枯山水，在「空」「寂」的感覺上仍是受了中國禪宗的幽玄和南宗山水的「空靈」（如牧溪、玉澗、馬遠、夏圭）的影響，與歐洲的著著表現人主宰著自然的英雄姿態大大的不同。

我在京都逗留的數天，也看了京都邊緣的廟宇庭園凡十處之多，但我印象深刻的，有南禪寺、桂離宮、龍安寺、天龍寺、西芳寺和金閣與銀閣寺。最後二者雖因三島由紀夫而著名，環遊或廻遊時所顯露的樹木與池塘相逗相映的關係雖然不俗，但我自已覺得金閣銀閣豪華奪目，在自然的背景上顯得俗麗而不淡雅，因而喧賓奪主，破壞了自然的妙境。同理，臺灣近年的廟宇，大紅大綠的俗艷，如橫貫公路所見，（但武陵農場瀑布旁的茅屋，淡雅自然，正好是那些俗艷建築的批評。）如國內一般的宮殿式的建築都具有相同的破壞性，我就不明白爲什麼我們不能以宋以前的較素樸的建築作藍本，事實上，就結構而言，唐代簡而有力的斗拱不知勝過明清以後複疊俗麗的斗拱幾倍！

其他的庭園幾乎每個都有林泉（環遊式）和枯山水兩部分，雖然都各具其性，但名氣各有不同，譬如南禪寺的大方丈庭園，也是枯山水的石庭，就沒有龍安寺的方丈庭園出名。事實上，人家說到石庭，指的就是龍安寺的石庭，而一般人去看石庭也只看這一個。桂離宮的林泉雖然宛轉雅麗，建築如中書院、松琴亭更是清絕，而天龍寺的庭園，借景嵐山，也特見宏麗，但對我來說，我更喜愛西芳寺的寂寂幽玄。

西芳寺以寺內遍佈的苔類著名，寺內的青苔約有五十餘種，雖然都是青色，濃淺光暗，是對肉眼最大的挑逗，你眞想在「青」字裏能分出五十種不同的色澤來，尤其是在雨後（我來時正是雨後），光澤閃閃，輝映著松林的黑枝綠葉，以寂待的不動與搖曳著另一種青色的竹樹爭榮。也許是松樹的濃密，也許是竹林的梳篩，也許是走道轉折有致，雖然附近也有別的遊人，我們一路都可以感到一種清幽的寂靜，是這些寂靜吧，彷彿苔有苔語，竹有竹音，松有松意，一一跨過和松竹苔競綠的小湖而來。苔寺的小湖裏有四個小島，是按照「心」字來造，但空間距離微妙，令人感著一種識與不識之間。如此之引人入勝，每一個轉折都是一種新的喜樂，如此的深幽，我們竟然在不知不覺中廻遊到入口處。

龍安寺的石庭，是最能代表禪宗精神的枯山水。用的素材是白砂、自然石和若干樹木和苔草，石形象山，砂流如海，若要解釋，可以說它以抽象的方式象徵小宇宙而引起向內心的凝視，但對我來說，它是利用了「空」的擴展，如米芾的雲山，馬遠的空天，玉澗的「一點人影萬里空茫」，來引帶我們心胸漫展。不幸我們進入石庭的臺前，竟是坐滿了「卡得卡得」在照相的觀光客：

雨刷子抹著
觀光客的疲憊
密密麻麻的眼睛
擠來擠去
重重圍住
京都的
空庭
抹茶？也許……
抹茶，唉，竟是
行色匆匆的緣！

我忽然想起入門處曾令我駐足賞玩、用灑脫飛揚的書法寫成的「採菊東籬下」等句，彷彿寺的主持已料到觀光客的「車馬聲」的騷動和壓逼，暗暗的提示他們自己和有心人，空庭是空，還要用淵明的「心遠地自偏」來感受，一如庭園裏好幾次在茶庭裏表演的抹茶（卽茶道），大家還懂得屛息凝神的看穿著和服的女子緩慢細秀的一步一步的抹茶的儀式，但究竟圍擁的人太多了，表演者的文學藝術氣質的修養無法作出最理想的流露。

四、麋鹿和孩童的奈良

奈良啊
你該感謝
大街上
麋鹿和孩童的親暱
把鋼鐵撫成溫柔
把硬撞盲衝的速度
化為互相招手、互相微笑的
節慶的散步
在油紙傘間
在彩布傘間
你的麋鹿和孩童的遊戲
把人們砸磨了太久的骨骼
鬆開

在雨中
一一的
舞躍起來
奈良啊
讓大佛繼續它佛的莊嚴
讓齒輪在遙遠的東京
剪伐不辨身軀的腳步
讓我們手牽手
在大街上
圍著麋鹿和孩童歡唱

五、往信州的路上

從東京北行向信州，因是上高山的火車，景色秀麗多變，極有靈運詩境：昏旦變氣候，山水含清暉……雲日相輝映，空水共澄鮮……白雲抱幽石，綠篠媚清漣……連巖覺路塞，密竹使徑迷。我想著靈運的詩句時，是想著我未到過的江南，想著我七年未見的比此更清麗的臺灣的山水。上高山的火車，車緩站多，看上上下下的客人，另是一番味道：

老　人

おはようございます。

どうぞ。

どうもありがとうございます。

どうも失禮します。

まだ來てください。

等等＊。

跪著叩看
曲著彎著
如是就
弓成
飛簷裂目的窄巷裏
規矩的

老人

※都是招待時的禮貌語

漢

出站
入站
客來
客往
何站
何客
誰寐
誰覺

同是馳著光陰之旅，他們從何處來，他們又往何處去，偶然的機遇我們作短暫的相逢，我們不知道他們，他們不知道我們，各有所由，各有所趨，誰記得你？誰記得我？

六、鬼押出し園

往信州高原，可以讓也在日本旅行的岳父避開大都市的熱，但主要的是讓我們接觸日本的鄉村。內弟的一個日本朋友住在那裏，熱心的爲我們指引，一路是田野和灌溉的溪流，泥土糞料的氣味混著剪售用的花圃的清香，習習涼風，暑氣盡消。朋友的房子就建在花圃的中央，樸素中圍擁著華麗。朋友的房子是經過改良的傳統建築，外殼是三合土，裏面是傳統木框、紙門、疊蓆。但吸引著我們的，是附近茅屋式的民房，斜斜的屋頂是很厚很厚的茅草壓疊而成，渾厚、簡潔、樸素，經過時間的染塗，而現出古雅的土青，比京裏的黑瓦彩瓦的民房更易流入田園自然的景色裏，好看極了。坐在屋簷下的濃蔭裏，望過風中搖拂的花圃入遠空的山藍裏，想陶淵明的田園居亦不過如此。這村裏的另一個構思，亦是頗饒興味的。主人在溫酒、山菜等之外，還加上一大尾新鮮的魚佐膳，我們想山居裏，這尾魚一定不易得。主人說是池裏得來，我們起先還以爲他另有魚塘，那便沒有什麼稀奇。所謂魚池，原來只有比井略大，而裏面的魚，原來不是特別養的，而是池邊有一條人做的小溝直通附近的河溪，河溪順小溪流過小池，小魚順口而入，但不得而出，自然地在池裏漸漸成長，有客至，主人便網一尾待客，這種化大海爲池（在這裏是化溪河爲園池）的做法，很絕，而且有點聽其自然的意思。

高原上，夜裏微寒，竟似初冬，要蓋棉被入睡，在夏天六月中，這感覺是新奇的。

次日一早，朋友用車子帶我們宛轉入山，一路松風悠悠，我正想問我們上山的目標，忽然路上現出了「鬼押出し園」的路標，好奇怪新異的一個名字，路標用中國話來說是「押鬼出園」，是說要把鬼趕出去的意思。是什麼一個花園啊，是園裏曾有厲鬼，求其吉祥而取此名嗎？這不能不說是個引人遐思的園名。

突然眼前一亮，是山凹裏一大片極目無盡的火山爆發後的黑岩，雜亂不齊的堆展開來，岩石與岩石之間長滿著高山植物，並開著艷麗的不知名的紅花，在太陽的映照下，顫顫搖閃。原來，一百年前這些黑岩石下面是一個百多戶人家的村莊，在一個黑夜裏，火山一聲爆發，村民在毫無準備的情形下被活活埋在岩石下，讀著這個紀念園的歷史，我心中一陣顫動的傷懼浮出下面兩段不成句的詩：

啊
才到了唇邊
便已成岩石

× ×

每一塊黑岩啊

都是一聲叫喊

詩沒有寫下去，好像也寫不下去，雖然心中充滿著大悲劇命運交響樂的情緒，但一個字也喚不起來。踏著新建的游步道，穿梭於黑岩之間，彷彿百年前的嘶喊猶在耳邊，我無法把這些黑岩看作普通的岩石，素來不迷信的我，竟也不知不覺的走入建在最高點的紀念廟裏，燒了一把香。鬼押出し園，恐怕是有超渡亡魂的意思吧，我也沒有追問，我靜靜的看著這些黑岩堆，聽著山風蕭索地拂過，無言地，直到它們的身影印在落日的金黃裏。

根據一九七〇年的筆記寫成

附錄：未發酵的詩情

金澤八景

唐宋

好沉重的行囊啊

失去了時計的異鄉人
汗濕凝凝的衣袖
拂不去
地下鐵驛裏擠出來的黑影
營營的喧聲蜂湧如濤
網住弛滞在中天的深沉的夏日
在曾是瀟湘的
金澤八景曾經落雁的
平瀉灣
我的朋友金關壽夫說
看那雄鷹銜下污濁的湖上
啄食那躍出水面去呼吸的
畸形的魚！
或許秋月來時
夜可以神秘瀨戶
或許內川的暮雪下

金澤的米國設施
和龐然的雄性的煙突
可以溶入遙遠的唯一未被整容的山市
或許夜雨……
或許夕照……

瀟湘啊！
那份幽古的味兒的八景
怕要等詩人墨客的生花妙筆去夢去
中國來的心越禪師
隱沒在
烟霧迷濛的
臭水溝的
一個招牌上
竟也有一個來自唐宋的
傻得有點發呆的異鄉人

一個字一個字的工工整整的抄
唐宋啊！
教我如何
好沾一身空翠的鳥聲
在幽暗的鎌倉的建長寺前
游入千代萬代先祖的
草書的舞蹈裏
在登天閣的苔綠裏
望過富士的積雪
入李白的天山……
失去了時計的異鄉人
或許……
或許……

四年前去京都，要在古都的殘面裏，追思感懷一點中國長安的遺風，但沒有去成近江八景的琵琶湖。近江八景是以我國瀟湘八景爲藍本的。宋廸的瀟湘八景已失存，但牧溪、玉澗的幽情猶在目前。瀟湘何時能重見呢？在近江路是否可以捕取到古代的逸興呢？瀟湘和近江八景是如此取名的：

瀟湘八景	近江八景
平沙落雁	堅田落雁
遠浦歸帆	矢橋歸帆
山市晴嵐	粟津晴嵐
江天暮雪	比良暮雪
洞庭秋月	石山秋月
瀟湘夜雨	唐崎夜雨
煙寺晚鐘	三井晚鐘
漁村夕照	瀨田夕照

據說近江路模倣得很像，但在現世急遽的工業現代化中究竟還保留了多少自然的揮發呢？我

原是要在橫濱金澤區友人金關壽夫的家小住，看完了鎌倉，便要再去京都，直奔琵琶湖的，但突然爲了一些別的緣故而無法成行，卻在金澤區，發現了以近江八景爲藍本的金澤八景。住在金澤區每天在熙攘中忙碌的人似乎都已經失去了山水的意興，恐怕沒有多少人關心這詩意的歷史緣由。環看四面，遠水近山，尚具湖光山色味道，但附近的漁村已剝落，一清早便是潑落潑落的電漁船載著城市人出海去玩釣魚去，平瀉灣的積水已經發臭，魚泰半已畸形。附近林立的是現代的建築，包括許多工廠和車驛，掩蓋一切可能有的晚鐘的梵音，沒有人注意到繁忙的交通道上不被看見的一角有如下的一個牌子：

金澤八景名稱の由來

その昔金沢六浦の地は浦波島山のさまが千變萬化に見えて鎌倉幕府の武將や町民の慰安の場所であつたことは史實に明らかであります。八景の名稱の付けられたのは後日中國の詩僧、心越禪師が元祿七年（西曆一六九四年）この地に來遊して釜利谷能見堂から眺めて八景を吟じたまのと云われています。

武洲金澤八景

洲崎の晴嵐
野島の夕照
瀬戸の秋月
平瀉の落雁
小永の夜雨
內川の暮雪
乙舳の歸帆
稱名の晩鐘

野島山の沖には夏島、烏帽子岩、猿島が點在してすり內川の入江や泥亀町の內海、四石、七井、八名木、他に神社、寺院が適所に配置されていでは眞に勝景の地でありますた。

琵琶湖的近江八景和瀟湘八景一樣激起了許多詩許多畫。近世有名的是今村紫紅的近江八景，和我們牧溪、玉澗的境界頗不相同。牧溪、玉澗重禪機、點到爲止、筆觸飛逸，盡得書畫同源之趣。我所見過的日人所畫的瀟湘八景和今村紫紅的近江八景，略嫌工細、受限於特殊線條，未得「放」意。現在牧溪、玉澗的畫都在日本，對日本文化有重大的影響。我們只能從複製品中去品嚐，至於瀟湘八景的原身，卻不知何時可以親身去遨遊。

一九七四年所記

在林中，傾耳向樹

——印第安人的信息

當我們爬了乾涸的溪谷，向橫展在天邊的臺地高原行進的時候，落日已經把雲層暮靄溶爲一個巨大深紅的傘頂，讓高原上獨一的錐形帳篷支撐著；放眼看去，無際的空曠裏，疏落地兀立在天邊的是幾個巨靈仙人掌的黑影，默默地指揮著天色的運變，我不禁驚嘆說：「沒想到西部電影裏塑造的荒野竟是如此的靈美！」

族長「奔鹿」駭然停下，說：「你來自東方，或許會了解大地的甜美，她偉大的沉默和空無的可敬。我們從來沒有把這些無涯的原野，起伏的山丘和曲折繁茂的溪流看作『蠻荒』。只有白人才把自然看作一種荒野，只有他們才會覺得這個土地『蔓長著』『野』獸和『蠻』人。對我們印第安人來說，這大地是無比的柔馴。大地是美麗的，她偉大玄秘的力量降給我們種種的福祉。」[1]他的聲音高昂激越，他說著的時候，我竟有幾分慚愧，因爲小時候也曾隨著其他大人稱印第安人爲紅「番」。想想，這是何等狹窄的種族中心的思想啊，幸好我終於來到他們的帳篷下，沒有受到西部片造象永久的枷鎖。

當我們進入帳篷的剎那，突然一陣狂暴的沙漠風把帳篷吹得霍霍搖動，對我這個久居在城市的人，不自覺的有點驚惶，可是，帳篷裏的人，神色自若，一面傳著煙斗，一面抽同時一面唱：

那風，那風
搖著我的帳篷
搖著我的帳篷
為我唱一支歌
為我唱一支歌[2]

他們一面唱，一面搖擺著身體，完全沉醉在自然事物、自然現象活動的旋律裏，好一種異乎尋常的喜悅和興奮。「奔鹿」似乎看出了我的心事，把煙斗傳給我，然後徐徐的吐出一口煙，緩緩的說：

「天地山水風雲草木禽獸，對我們來說，都是一家。事實上，在我們的語言裏，我們稱他們爲樹人、羽朋、毛友。我們認爲天地給我們以生命，我們要經常和他們保持交談，用歌唱、用祭禮、用舞蹈。所有生物的生命都來自太陽，由大地來滋潤和豢養。雲帶給我們雨，風帶給我們氣息，植物動物扶持我們的生命，是我們一切力量的根源，我們必須敬重它們，一如敬重我們的父兄一樣。我們對土地必須謙遜，去聆聽他們的聲音，讓他們的話語從偉大的沉默中升起，引導我們進入自然的律動裏。我們坐在地上，躺在地上，撫觸土地，爲的是要深深感覺到土地的力量，讓我們的思想沉入生命的玄秘裏，可以更接近我們和其他生命的親屬關係。你問我，我們如何可以和無聲的萬物交談？在林中，我們傾耳向樹，便有聲音迴響，用親密的感情，去聽他們信息。朋友，只要你肯凝神注聽，他們便會和你交談……你得明白，一旦人的心遠離了生命根源的自然界，他的心便將硬化。先人『立熊』族長曾說：『那些時常坐在土地上沉思生命的意義，接受其他生物的友情，承認宇宙萬物大一體的人，是確切的把文化的精髓貫入了他整個的存在中，一旦人離開了這個基點，他人性的發展便受到了阻礙。』人若對生命失去了尊敬，他必亦將對其他的人失去了尊敬。」❸❹❺❻

「奔鹿」一面說著，一面出神的唱起歌來：

在太初，在太初啊
人和動物攜手行於大地上
我可以成為他

他可以成為我
他他我我
我我他他
都是一家
在太初，在太初啊
我們都說同一的語言
同一的神奇的語言
你說我感
我說你知
偶然一語
萬物並馳
沒有人知道為什麼
沒有人知道為什麼
在太初，在太初啊❼

「奔鹿」簡直已經沉入那遙遠渾然的太初裏，他的聲音深沉似神諭廻響於巨大黑傘的天穹：

「在太初，萬物雀躍飛騰，無盡變化。在這無盡的變化裏，是鳥獸有律動的馳越；在這無盡的變化裏，是青草不斷的茁長，野莓不斷的成熟。我們隨日光的移動去工作遊戲，隨黑夜的來臨去憩息。夏來花開，冬來花去，永久的變化，爲萬物的持續。沒有其他的目的……朋友，看黑暗裏滿天的繁星，灼麗如此！黑暗是另一個可愛的世界，是無盡變化中的另一層次。死亡，死亡啊，是另一個世界的換位，是自然中另一個偉大的行程，是自然循環流動的力量，永遠的廻旋，永不中斷，天圓、地圓、星圓……風旋水轉，日出日落，月升月降，皆圓，由是鳥依著圓的循環的律動而築巢，我們也依著圓的循環的律動豎立我們的帳篷，好讓它的偉力集中，引向高天交滙，在無盡的變化裏……。」[8][9][10]

也許是神奇的語言把「奔鹿」帶進了太初的夢的時間裏——那永久不變又無盡的暢通的夢的時間裏。

夢歌（一）

大海
漂盪著我
送我遠行如片葉在河

大地、偉大的氣候
送我
送我遠行
使我內臟滿溢著喜樂[11]

夢歌（二）

在鰷女沉睡的地方
在她鰭翼柔柔撥動的水中
花落
花又升起[12]

也許，也許是自然循環的活動把我們的身軀帶到夜與憩息裏，我們不知不覺已經進入半眠的狀態，彷彿，在進入夢的航程之前，「奔鹿」的同伴在我耳邊吩咐說，「明天，

白日

自它的睡眠中升起
白日醒了
與曙光一同醒來
你也一定要醒起
跟隨著白日的來臨⑬

彷彿我心中已經充滿了神異的喜悅和興奮，準備天明和他們用慶典的心情去迎接朝陽的初升：

那邊
那邊
美麗的白曙升起
美麗的黃暈升起
那邊
那邊⑭
大家來！一齊站起！
那邊曙光已來臨！

我現在聽見

柔和的笑聲⑮

一九七八年冬

附註與說明：雖然文中人物是虛構的，但裏面的哲理思想和詩都出自印第安人的文獻，我現在把它們重新創造，依著印第安人的精神，通過「奔鹿」的口中說出。（見註）

讓印第安人發出自己的心聲，還是近十年來的事，對這方面貢獻的重要選集有 T. C. McLuhan 的 *Touch the Earth*（思想片斷），Jerome Rothenberg 的 *Shaking the Pumpkin*（詩），Dennis Tedlock的 *Teachings from the American Earth*（論文），Rothenberg 及 Tedlock 合編的雜誌 *Alcheringa*（民俗詩學）以及註中的書。

❶ Chief Standing Bear, *Land of Spotted Eagle* (Boston & New York, 1933), p. xix.

❷ J. Bierhorst, *In the Trail of the Wind, American Indian Poems and Ritual Orations* (1971), p. 23; 本篇爲 Kiowa 族中「鬼靈舞」之歌。

❸❹❺❻ Standing Bear, p. 197; Teton Sioux 族人「射者」的話，見 Frances Densmore, *Teton Sioux Music* (Washington D. C., 1918), p. 207; Wabanakis 族人「巨雷」的話，見 Natalie Curtis, *The Indian Book* (New York, 1907, 1968), p. 11; Standing Bear, p. 250。

❼ Jerome Rothenberg, *Shaking the Pumpkin* (1971), p. 45.

❽❾❿ 「飛鷹」族長的話，見M. I. Creight, *Firewater & Forked Tongues* (1947), p. 61; Seattle 族長的話，John G. Neihardt, *Black Elk Speaks* (Lincoln, 1961), p. 198。

⓫ Bierhorst, p. 124; Eskimo 族的詩。

⓬ Bierhorst, p. 125; Wintu 族的詩。

⓭ W. R. Trask, *The Unwritten Song, I* (1966), p. 3; Eskimo 族的詩。

⓮ Bierhorst, p. 166; Hopi 族的詩。

⓯ Bierhorst, p. 167; Papago 族的詩。

飄浮著花園的城市

——墨西哥城的約會

〇、引子

美色加人（Mexica）啊
我靜靜的來
是為了
同你們一起
沉入沒有文字的濃郁的古歌裏
一起踏著
引向邃古的輸水槽淙淙的聲響

傾耳凝聽
　尋覓
萬年前
一輛雪橇
二輛或者
三輛
在迷霧裏的呼喝
霍霍然
括括然
劃著白令海峽上厚厚的冰雪
為追逐
一隻白熊
在霧裏
在邃古的霧裏……

（註：Mexica 爲西班牙人佔領墨西哥之前 Aztec 印第安人的稱呼，與現在用西班牙語稱墨西哥人爲

Mexicano 有別，故譯爲美色加人。）

不完全是爲了完成一樁傳說，我來到古美色加人的墨西哥城，是爲了一種神秘的熟識嗎？究竟美色加人的祖先是否確曾從亞洲的西伯利亞越過冰雪未解的白令海峽而來到美洲，我不要著意去追問，我們就讓傳說和古歌發散它們的芬芳吧！

或許
迷霧裏
我們不問情由的
可以敞開胸懷
去接受
日、月金字塔衆神靈風的臨幸
或許
在蕭索的漠原的深夜裏
一支瓦笛
幾個純樸的單音

便把日神宏麗的事蹟
散入空氣稀薄的墨城
許多異族的街道裏

一、Tenochtitlan 的墨西哥城

像那千層的岩石，水化風化火化，每一層都代表著多少自然蛻變的聲音和姿式，我們踏上「改革運動大道」和「起義大道」，仰看和平的神像和夾道法國式西班牙式的建築，這時，我們彷彿聽見薩巴達的馬隊，從廣場上揮刀一呼，便遍地是死亡和血，爲爭得一點點的自由。「改革運動大道」「起義大道」，每一個轉角都在提醒你啊，多少異族曾把純樸的古美色加人，把「蒼鷺之國」（Aztlán，即現被稱爲 Aztecs 的美色加人的發源地）屠殺又屠殺，踐踏又踐踏，數不盡的死亡，數不盡的焚城和歷史的竄改！古蒼鷺國的人民啊，你們還記得 Moctezuma 二世被西班牙的 Henán Cortéz 誘騙而失去了的 Tenochtitlán 城嗎？

新世界的威尼斯

花穿梭著浮島
島穿梭著飄花
花穿梭著曲水
水穿梭著千花

水曲曲不盡
島斷島復來

雲峯起處
篩散的夕陽
點亮圖騰的石柱
武士的呼喝
搖響夾道的飛甍

花穿梭著浮島

島穿梭著飄花
花穿梭著曲水
水穿梭著千花

水曲曲不盡
島斷島復來

披肩斜處
赫赫的顏彩
激盪著商旅的喧嚷
噹噹的石甃
濺射黑曜石的火花

聽：
那遙遠的瓦笛
低迷的嗚嗚
正訴述著

那傳說中的羽虬大神（Quetzalcoatl）
最詭異的行程

古蒼鷺國的人民，來自七巖（Chicomoztoc）的部族，到了 Zumpango 和 Xaltocán 兩個湖上，用竹筏和泥土建立了無數的人工的浮島，Nahuatl 語稱之爲 Chinampas，他們又在浮島上滿植花朶，所以又名浮園，那個城便是墨西哥城的前身 Tenochtitlán。時在一三二一年。所以當 Cortéz 在十六世紀奪取該城時，驚羨該城之美而稱之爲新世界的水國。後來湖水退盡，花樹的根紮緊湖底，陸地的城便浮在泥湖上展開，運河水道之城不復存在，現在只留下一個區，稱爲 Xochimilco，散花之土的浮園，是供人坐著滿載花朶的遊船去消磨一天的地方，已非曲水流花的水國了。代替了圖騰的柱石，是高矗的三合土的建築，和另一種宗教和另一種語言另一種文化。我們如何去追蹤那古遠的文化層層的蛻變呢？我們如何把西班牙語所歪曲了的傳說和歷史，在 Aztec（蒼鷺國人民）的詩歌裏（竟是通過西班牙語而流傳的！）和近年來在城中心發掘出來的金字塔形式的古城上的壁畫、文字、曆法重建起來？我走在古代和現代並立的墨西哥城的中心，看著 Zócalo 的大教堂和附近的房舍隨著地面沉落泥湖的裂痕和傾倒的姿勢，我的感觸豈是朱自清在秦淮河畔憶懷六朝金粉可以言盡！詩人馬博良在另一個古城裏追思大秦的尺八，我呢，我想著我從不曾接觸也許永生不能接觸的中國古都一點點的遺跡！

美色加人啊
我為你們鼓掌
因著你們的耐心
因著你們的頑固
那怕是一塊半塊的斷柱石
那怕是零零落落的陪葬的瓷像
因著你們的耐心
因著你們的頑固
突破層層異族的泥土
讓你們喧赫的先祖復活顯露

二、衆神的寶藏——人類學博物館

豈止是一塊半塊的斷柱石，門口赫然立著凜冽的雨神：

石化的流水

老 Tlaloc 睡著，在裏面
夢著狂風暴雨
光只一觸
石英便是瀑布
幼神浮在流水上
—— Octavio Paz

到了裏面，便後悔沒有先把蒼鷺國的文物史看好，後悔沒有抓住一個美色加人的後裔爲我們敍述解說，好一片神秘的雄偉！看那近乎超人的石刻的技術，看那詭奇的精細的曆法，無怪乎有學者懷疑外空的超凡的人類曾在萬年以前降臨地球上，留下了許多我們無法理解的形象。我們可以不相信這些臆測，但我們禁不住自己的驚奇讚歎。

「我們稱爲 Olmec 文化的區域，是海岸多雨草木繁生的地帶，這個區不產石頭，而在這個地方，卻發現了十數個十尺高六尺寬的巨石人頭，他們必須從遙遠的高原上把石頭運來，想他們當時工具簡陋，這眞令人費解，令人驚異……他們的臉型近似蒙古人種……」嚮導如此滔滔不絕的介紹著。我確實驚異，驚異他們宗教精神的偉力，爲著一種信仰，那怕千山萬水的遙遠，那怕千噸萬斤，那怕運輸上種種的犧牲，也要完成這力的呈現。而那茫然的瞪視，望入千年萬年的眼睛，竟有成吉斯汗凜凜的威風，雖然不敢輕信那渺遠的事蹟的傳說。

「你們可知道浮雕和瓷像裏婦女的前額爲什麼是向後傾的平扁？那是她們當時的美感，從小用兩塊板夾壓而成！還有那隻鬪鷄眼，是因爲他們要在鼻樑上掛一顆裝飾的珠子！」

我們一面笑著，一面撫摸橫著豎著斜著形形色色的石浮雕上千年的冰涼。時間忽然把我們壓縮成一隻流蟻，仰視高不可攀的神的石柱，如此之多，層層故事沉默地訴說著，我們似乎聽見，但究竟他們是誰？他們在做什麼？他們特有的數字預言著何種變故？眞的在二〇二四年他們會回歸嗎？那些看天文的柱臺，確是與天外的神祇通消息的地方嗎？那馬雅人的石墓上的象形文字是永生的神秘的密碼嗎？那貼在屍身上的松石的翠綠和金線，和漢塚中的金縷衣是異途同歸的聖儀嗎？我多希望有一種聲音從其中跳出，卽使是喝斷金玉的霹靂，我可以實實在在的觸著那神秘而豐富的存在。或許那來自馬雅文化的蒼鷺國曆盤上的二十生肖可以給我們流露一些什麼，我們靜靜的對著壁上碩大無比的曆盤，像謙卑的膜拜者，只有驚異，沒有語言。

三、心靈的約會——Octavio Paz（奥他維奥・百師）

百師，在你把我的英譯王維轉化爲西班牙語的時候，在臺北的詩人們正在誦讀你的「歸來」和「序詩」。你知道嗎？更早的時候，中國的馬朗譯了你的「廢墟裏的讚歌」，一直記懷著養育你的城市，有一天到了墨城而寫下：

我便是那
五代的遊方僧
踏著
Sombrero 帽舞的
步伐
去履行
與奧他維奧·百師的
約會

而你啊，亦越過時空和王維神交：

我開始的地方
我已回到
我勝了？負了？

君問
勝負之理
漁歌
自不流動的浦上
浮起
王維致張少府——
自湖中的別業
但我不要建
一個智人的鹿柴

在 San Angel 或 Coyoacan 的城裏你約我到墨西哥城去，那時你在加州，我們談詩，竟不覺語言的阻隔……

其後，我終於給他寫信，趁一個東方學會之盛去看他。不料一個臨時動議，我和百師及另一個墨西哥詩人 Xirau 被邀討論詩與民族認同的問題，而百師卻念念不忘王維，要我把酬張少府的原詩朗頌，再把英譯讀出來，再由他用西班牙文口譯。讀到「君問窮通理，漁歌入浦深」時，他說，對，詩的全部精神便在這裏，超脫語言的界限，超過時空的一種會心，一種應和。是的，古蒼鷺國的歌、石雕和無數我毫不知歷史背景的文物，那一種不是如此強烈的激盪著我啊！

無聲的音樂更甜美
我，我確實聽到你的
呼喚，像水鳥間關的鳴叫
自浮島的濃郁的花叢裏
像衆神的靈風
拂過日月金字塔的尖頂……

四、神居地 Teotihuacan

浩潤無垠的漠原極目的橫展，敻遠無人，陰陽分明的糾紛的山頭，在那高矗入天的日月金字塔的旁邊，閃縮失色，我們只有仰望與崇敬，俯視卻是神的權利，因爲啊，你即使一層一層的爬到尖頂上，你將頭昏目眩，這是攀天與日神交接的地方，我們脆弱的身軀，那裏敵得住神的靈風的拂蕩！除非，除非我們強壯如這個部族的武士，如此巨大平齊的石頭，豈是你我凡人的肉手可以移動！從日金字塔頂遙望月金字塔頂，我們在稀薄的空氣裏，若隱若現的聽見如急潮起伏的祭祀的魔咒，互相應和著，部族的合唱，如佛坐蓮一層繞一層的繞著主巫的獨唱而升天。廣場下面是一場奇特的球賽，爲的是爭取自我犧牲奉獻給日神的權利，聽那熱烈的喧呼和鼓掌，那金屬互敲的興奮，看那深沉嚴肅的儀隊，歌聲奪雲，舞沓凝風，向祭臺上行進，看那來自四面八方的貢物，黑曜石，松石……多少耀目的珠寶……

但是我們立刻被一種千年的沉寂所驚醒，走在畢直數里的亡靈的大道上，大小的祭臺夾道，一直伸入荒蕪裏，然後轉入供奉羽虯大神（Quetzalcoatl）的大殿，在夕陽的斜照下，竟然獸鋌亡羣，蓬斷草枯，是一次天變嗎？還是一場比天變還要激烈的大戰？「鼓衰兮力盡，矢竭兮絃絕，白刃交兮寶刀折，……戰矣哉骨暴沙礫，鳥無聲兮山寂寂，夜正長兮風淅淅，魂魄結兮天沉沉，鬼神聚兮雲冪冪，日光寒兮草短，月色苦兮霜白。」這一段描寫中國古戰場的文字，在入夜時分，何嘗不是這亡靈大道的寫照。是天變？是戰爭？無人知道。這一個具有全套地下排水系統的部族，是如何頓然消失的，只有蒼茫的歷史才知道。只有未被湮沒的金字塔才知道。

五、Quetzalcoatl 的飛逝

關於那半鳥半虯大神飛逝的傳說，是如此的多樣多彩，我們不知道從何說起，在廢城 Tula 的城臺上，站在許多滿刻人神的黑石柱之間，看著太陽投射的一排排的柱影，從左右兩翼漫展出

去，雖然宮室已經蕩然無存，我們彷彿感著羽虬大神震顫著空氣的移動……

傳說之一，Tezcatlipoca, Ihuimecatl 和 Toltecatl 三位神祇決定把羽虬大神逐出他的城 Tollan（即 Tula），用了種種的詭計，最後決定用一個雙重的鏡子，羽虬大神一照之下，他是何其的驚惶啊，他美麗的身軀竟是如此的扭曲難看，眼瞼發炎腫脹，眼睛深陷，滿臉枯萎的皺紋，他完全不像一個神的樣子，他說：「如果我的下屬看見，必定全部逃光了！」其後，他們又給他灌醉，讓他和他的妹子同睡，使他醒來時無限愁傷，他便唱了一首非常傷心的歌，然後離城而去，這個曾經使人類認知精神秩序的大神終於臥在石棺裏，穿過一道深沉的黑暗，向海進發而逐漸蛻變，蒼鷺國的古歌裏，有一首有關他飛逝的長詩是如此結束的：

行程終止在海灘上
一羣蛟虬結成一條船
他便航駛出去
船在焚燒的水上滑行，沒有人知道
　他何時抵達紅日的國度
行程終止於一個大海的邊緣
波浪的鏡面反映著他的臉

把他的美重現
他穿著太陽的衣裳
行程終止於海灘上的大火
他把自己投入火焰中燃燒
他的灰燼飛升為鳥的鳴叫
紅鳥，松石鳥，野花的鳥，紅間藍的鳥
金光爆發的黃羽毛的鳥
旋飛旋飛直至火焰死去
直至他的心臟飛升入天
直至他的心臟蛻化為一顆星
一顆晨星一顆夕星
入死亡之國度經七天的黑暗
直至他的身軀變化為光
一顆星永遠在天空中燃亮

六、遊唱樂人 Mariachi 的廣場

入夜，從 Zócalo 北行不久，你將流入燈火、熟食攤和繽彩飛揚的男男女女聚滙的廣場，把疲憊和煩憂拋去，穿梭於來自四方的一隊一隊一團一團穿戴濶邊帽黑制服和馬靴的遊唱樂人，游泳於梵亞玲和六絃琴的音浪間，好比一切人間的苦難——殘殺、迫害、飢餓、流血、病痛、死亡——都可以忘懷，你看，斜斜的燈影下，一個平凡的工廠女工，付出若干比索後，便閉目凝神沉入柔弱的歌聲裏：

重逢在錯誤的時刻
繫縛於真誠的環鍊

隨著琴聲的起伏，那首異國的情歌竟似自身的命途，洶湧在一刻的沉醉裏，

包裹在橄欖葉的清香裏
夢入

渺遠的浮園的水國
乾的血塊
飛散在漢原的夜風
往事串不起
傷疤抹不掉
讓你揮帽
讓我揮裙
在純酒 Tequilla 孃孃的蒸騰裏

歌唱者和凝聽者完全化入歌詞中的主角，如此的節拍激昂！如此的情詞相濺！神傷！復歡暢！那怕是買來的一刻的沉醉！

大花裙
濶邊帽
把音樂
如水漩一樣

溢入蒼茫的古代
我們坐上夜船
轉啊轉
轉到夢的邊緣上
去摸索
熟識猶似陌生的來路

一九七六年夏訪墨城
一九七七年記寫

玄海松浦覓燦唐

遊山玩水，或拜望庭園廟宇，多是慕名而往，偶然邂逅而有所驚喜者，我們只能視之爲「神賜的意外」。七、八年前往京都、奈良，俱因石庭、苔園、大佛的召喚。此次來九州的福岡博多區，只是被一種很模糊的「山水必佳」的意念所驅使著，事先竟然不知道我們追望的是什麼，更沒有如去京都、奈良前所具有的文化歷史的一些認識，在來福岡的路上，我們無聲的質問著自己，我們去那裏能看到什麼，這實在是一種異乎尋常的情境。

一、虹の松原

空隆空隆，火車輪翻著一些宿雨留下來的涼意，洒向從窗口吹入車廂的陽光和晨風，我們帶著東飛二十小時時差未對換過來的疲憊，手臂扶著霍霍的風，頓覺無比的清爽，這也許是宿雨後空氣的透明所致。火車出了福岡以後，安靜的海灣便隨著車行的律動舞躍起來，那時，離開我們的目的地唐津約有一小時半的車程，左面是，明亮的青山下剛醒來的一些村鎮，濕的屋瓦，如閃動得很快的銅鏡，自我們的雙肩滑下，沒入記憶淡淡的霧裏，右面

一片碧藍裏
洒一把
大大小小的
綠葉
像
永不出航的船
浮動在陽光裏
浮動在雨霧中

玄海裏的島嶼，也許是屬於內海的一種氣象，像許多沉默的女子，或沉思中的詩人，微波偶發，旭陽忽閃，始見活動，或突然出現一條潑落潑落的出海的漁船，才會把她們驚醒似的。

整個海灣，像蘸滿了水的毛筆洒脫的一揮，數點房屋，疏落的幾個魚網，篩散著晨風與陽光，無聲，靜寂，山邊的樹木，也沒有斜飛之狀，彷彿，這裏從來沒有驚濤拍岸，我甚至不能想像，颱風來時山水和人事的驚惶。

雲與水俱靜
山樹復無聲
微波細風後
心境共澄明

事實上，日落時另有一番景象，陽光從山的後面把山浮起，山影彷彿從天投下，斜斜的淡入空茫的水上，平遠的海灣的盡頭，島嶼都站起來，在透明的水鑑裏，看她們晚照中的姿色。我記得在回程的時候，坐在海邊的一間食堂裏看著能古島的垂影，一種沉鬱的靜美，和早晨初醒的澄明大異其趣。但在午前的寂靜裏，我想的卻是：新雨乍晴，天空裏微虹一拱，輕踏在水鑑的海灣上，這才眞是好看。可是昨夜的雨早已蒸發乾了，太陽也漸漸的熱起來。忽然，妻以一種驚喜的聲音對我說：你看，多詩意的一個地名。我隨著她手指的方向看去，小站上寫著：「虹の松原」（虹之松原）。話還未說完，火車已進入濃密一片的松林裏，

濃郁的松香
一下子
把我
層層裹住
我聽不見
松原外
細雨一樣的潮音

說東方的松樹比西方的松樹多姿，倒不盡是國畫給我們創造的現實。譬如加州北部參天的水杉林，不愧被稱爲巨靈林，有千年的氣象，但樹幹直筆筆的，一大羣在那裏站著，確見森嚴。但如馬遠所寫瘦硬屈鐵松，李彥邱的盤結松，又如韓拙所稱的「屈折而俯仰」「躬身而若揖」「醉人而狂舞」「披頭仗劍」「怒龍驚虬」「倒崖覆身」等活躍氣勢者，在國外並不多見。虹の松原的松樹，因爲在海邊的平原上，而非掛在絕壁斷崖間，當然沒有險峻之勢，但樹形斜飛曲折，仍具騰龍伏虎之姿，紅枝綠蓋，破筆亂針，穿梭其裏，彷若遊龍於許多凝固了的舞姿之間，能不快哉！至於那虹，此時也不必追問了。

出了松原，突然兩面水光大亮，原來火車行走在鐵橋上，兩旁泛溢溢的水邊的屋宇，彷彿在那裏浮動著，我們已經到了唐津。

一、唐津：昔日唐船何處覓？

日本名詩人北原白萩曾有「唐津小唄」一首歌，最能表達這個城的文化風景：

㈠唐津松浦潟　さざ浪千鳥ホノトネ
　チリリ鳴きます　日の暮れは
　ソレ「唐津　唐船　とんとの昔
　　今は　オイサの　山ばせレ」
　　チャントナ　チャントナ

（以下每節複唱）

㈡博多出てから　小富士ま晴れてホノトネ
　いつか箱島　虹の濱
　ソレ「唐津……」

㈢夏の夜明けに　見サたいまのはホノトネ

虹の松原　西の濱
　ソレ「唐津……」
㈣鏡山から出た月さえま　ホノトネ
　なにか泣きたい　影がある
　ソレ「唐津……」
㈤芥屋の大門の　潮鳴りよりまホノトネ
　七ッ鳴り添ラ　七ッ釜
　ソレ「唐津……」

這首歌寫的都是唐津附近的景色，松浦潟位於虹の松原與唐津之間，微波千鳥鳴，悠揚流麗。從博多港西出，便可以看見小富士等諸景，鏡山是唐津附近的一個小山頭，除了俯瞰全城、虹の松原及七ッ釜海角之外，另有傷情的傳說。但是最引起我冥思的，當然是歌中的「唐津、唐船とんとの昔……」句。

唐津便是古代與唐朝商業文化交通的要津嗎？這便是博多港（與唐朝通商要港）當年唐綾唐錦的轉驛站嗎？歌中顯然說唐船曾至此，雖然「唐」字所指，包括中國以外的國家，但中國（唐宋不分）曾扮演過最重要的角色，是毫無疑問的。昔日的唐船載來了什麼？在此透明徹亮的陽光下，唐津古代的歷史卻是一層若隱若現的迷霧！「唐船」兩個字，使我突然感到一種難以形容的親切，雖然，這也許是一種虛幻迷茫的親切。教我如何去穿透這一層歷史的紗幕，去尋覓那唐船泊岸的呼喝？

唐津以陶藝聞名，據說，東京最貴的陶瓷，都是出自唐津的名窯，「唐津燒」往往是最好的意思。唐津的窯，常被提及的至少有十八個，包括我們後來看到的鏡山窯。我們可以說，當年唐船載來的還有陶瓷的技藝嗎？在唐津出土的文物中，有彌生時代和繩文時代的陶皿，唐津區域與中國的接觸或許還在唐朝之前，我們或許無法追踪，由漢朝樂浪郡（今韓國大同江南岸土城里一帶）傳入日本的鏡鑑等曾否經過唐津，這，我們也只能在歷史的沉黑的邊緣上徘徊思索而已。如果說，中國和羅馬之間有喧赫一時的「絲路」，我們可以說，中國和唐津之間也有一條與「絲路」一樣重要的「陶路」嗎？天正年間從韓國請到唐津一帶去的陶工帶來了多少唐土的陶藝（雖然當時影響日本最深的是韓國風粗放野趣的「粉粧灰青砂器」裏的「刷毛目」）？我不是一個考古藝術家，也未曾研究過兩國文化的交通史，我只是一個見文物而生感情的過客，禁不住讓這些思索自無名的親切中湧起。

昔日唐船何處覓
新橋舊地

櫻花柳葉
鳥穿微潮天邊滅
薄暮窯烟
歲歲山連未絶
松香依舊
宋瓷初裂

三、幽玄且細鏡山窯

從外面看，平平的一所房子，主人出來相迎的時候，穿著極樸素的村裝，我們怎樣也沒有想到，引進屋來，竟是無比清雅的家庭式的陳列室，一片空明，中間四四方方一個榻榻米臺，臺上空無一物，從屋頂中央只懸一個古銅色的茶壺類的器皿，四壁的玻璃櫃裏疏落的放置著幾件陶瓷的精品，展出品與展出品之間有大量的空間，作著非常有藝術意味的距離，瓷皿間偶見一張深褐色的中國山水絹畫或古舊書法的卷軸，室內不著任何顏色，竹子的原色，草蓆的原色，木柱的原色，帶著時間的變化，靜靜的襯托著青瓷、白瓷和赭色的器皿，淡素幽玄，盡得中國禪宗的空無的豐富，展出的器皿，野放自然，如玉潤的快筆，單色的釉彩如梁楷的潑墨，沒有庸俗的紅紅綠綠，其洒脫處令人想起南宋馬夏的山水的空明，而這些瓷皿不是古物，而是現代活生生的唐津人的作品。

更令我驚異的是那陶工，如果你在街上看見他，你必然以爲他是一個機車的騎士，梳一個平頭，身材粗壯，沒有想到這些精細無比的瓷杯都是他的傑作。他的窯，大概因爲長久的燒炙，四壁都已成瓷磚，光亮而黑沉。他說他不用現代化的熱能，只用上好的松木，成品入窯，有時燒上三十天。後來他現場表演，輪轉確做到不徐不疾，得心應手，成品細薄平滑，和那些以泥漿倒模的假陶藝，眞不可以同日而語。其實，曾幾何時，爲什麼工業化的變化中，一定要取代這種深刻的藝術！鏡山窯和唐津其他的窯爲什麼可以把這種藝術待之如宗教，傳統爲何能在他們心中是如此的尊貴，這當然應該值得我們思索的。這位陶工滿室彌生時期和繩文時期出土的陶瓷的碎片，一大書架十餘大本中國歷代陶瓷藝術，十餘大本日本歷代器皿的彩圖，這些都是他思索揣摩的世界，深思入器而精於手，如此的誠於藝的，唐宋有之，有多少人今天仍能如此的熱切的追索？

四、鏡山上婦人化石的傳說

隱約的，故事的綫伸展著
看得見的

看不見的
相同的故事
以不同的方式重複著
有關於一個重情的女子
有關於一個遠行在外的丈夫
有關於山頭上
十年、百年、千年的等待
在遠古的中國
在中古的唐代
在中國的南方
在南方遠海的國度……
在北海唐津的鏡山
相同的傳說
以不同的方式誦唱著
有關於一個重情的女子
有關於一個遠行在外的丈夫

有關於山頭上
十年、百年、千年的等待

望夫石的故事在中國詩歌裏常見，李白的〈長干行〉因爲很出名，最容易令人想起。這顯然是很普通的一個中國的傳說，我親眼看見的有香港九龍沙田的望夫石，該石我曾爬上去看過，石頭極肖一個婦人背著孩子向沙田的外海瞭望，相傳她等她出海捕魚的丈夫，望穿秋水，終成化石。現代人多半視之爲一種「附會」，其實這是人類情境的一種恆久的象徵，不然它不會流傳在古代的中國各地，及於馬來一帶，而沒有想到在唐津的鏡山上亦有類似的故事。

松浦的佐世姬，丈夫或云爲抗韓兵出海未歸，佐世姬率老幼十數人，倚松樹而揮布（振布），而終於在鏡山附近成化石，亦名之爲望夫石，該石與沙田的望夫石不同，後者外形極似，鏡山者則平平一石而已。顯見故事的緣起不全是附會，我想，在古代的生活裏，丈夫遠行在外久而不歸是常有的事，妻子爬上山頭去等待（《詩經》中便有這樣的情境）也是常有的事，化石所象徵的就是妻子的堅貞的等待。佐世姬倚松揮布，別具風範，幾乎具有歌舞劇的姿態，雖然傷情則一。

五、志賀島：一種複雜的寂靜

從博多港坐渡船到志賀島，約四十五分鐘，海風習習，有不盡的快意，遠空無涯而平靜，心胸隨之開濶，回首博多，矗立在港灣的建築在乾淨的陽光下默默的梳著海風，天神區的喧嚷完全被淹沒了。

渡船上，大都是樸實、結實的漁夫，在城裏交易完了，回志賀島去，黃銅膚色的臉上，掛著生活最坦率的痕跡……歲月、風雨、浪濤、烈日、憂慮、以及時間累積下來的忍耐和達觀。那些弓著背背負著漁具的婦人，不需要任何語言，每一個動作，每一個姿式，都是雕刻刀有力的切刻，我多麼希望我會速寫，把它們的神情捕下，然後讓它們潛藏的力揮動我雕刻的手。此刻，我頓覺語言無力，我只能默默的讚賞：生活是如此的簡而有力，沒有文明層層的假面，所有的悲劇性與創造性都在這張木刻裏。

當我們穿過狹窄的街，爬過石階而踏入森嚴的志賀神社，一種古代的沉寂把我們圍住，這是異乎尋常的一種安靜，在炎炎的夏裏，坐在參天老樹的濃蔭下，倚著簡單而結實的神社的木柱，望著白沙青松遠水，確是難得的一刻胸無一物的平和。但我感到的，是更深更深的一層寂靜。漁夫們、古代的漁夫們爲了克服他們無從預測的海的惡勢力，爲了能平安地出海，平安地把深海的賜與帶回來，從他們極微薄的積蓄中奉出一些力量，建造那比他們生命龐大十倍以至百倍的神社，供奉可以護衞他們和妻子的安危的志賀大神，志賀大神坐在這個觀照八面的山上，可以給他們適時的警告，給他們敵住他們弱小的力量無法敵住的風雲與外來的狂暴，給他們敵住蒙古兵

（元寇）的入侵，給他們……

是如此深沉的一種寂靜，是一種信仰與依托的力量之昇華。

對於我這個來自中國的訪客來說，是多複雜的一種寂靜啊。我想，如果元朝東征日本未遇駕崩，在福岡沿岸及志賀島上，恐怕不止於可數的幾個元寇的遺痕而已，或許今天我根本不是一個訪客。反過來說，如果日本（由倭寇始）當年把中國完全佔領了，我們又不知過著何種日子。但受傷害的是誰？是志賀島上沒有力量的漁民，是東三省被汚辱而無法反抗的婦女，是八年饑死遍地的無辜的中國人民。在這複雜的寂靜裏，好戰的人啊，請多多的思索吧。

六、長崎：十萬亡魂的呼喊

我們是十萬亡魂，聚此，爲你們，亞美利加人，作見證，帶給我們救世主的人，也是帶給我們大毀滅的人。經上說：主要毀滅便毀滅，千山萬戶一瞬而爲烏有，是主差遣你們來的嗎？主確會要你們來毀滅我們這些小市民嗎？或許我們個人有許多罪愆，或許有一些是我們所不知道的罪愆，或許這些罪愆不是我們的，起碼不是我們小市民的，但我們來不及思索，我們沒有機會思索，小孩子有的正在洗澡，母親正在洗菜，木匠正在鋸木板，水泥匠正在抹屋角，壽司店正在做壽司，拉車的正在拉車，農夫們正在下種，學童們正在高聲大笑，爲一個球而追逐，但我們來不及思索，我們有沒有罪愆，或許我們曾觸怒了主，正如我們偶爾觸怒了我們的妻子，但要受大毀滅的罪，我們小市民壓根兒沒有觸犯過，我們怎麼也沒有想到，帶給我們救世主的人，也是帶給我們大毀滅的人，我們沒有思索的時間，你們沒有給我們了解我們的罪愆的時間，你們壓根兒不知道我們小市民犯了什麼罪，有沒有犯罪，你們連我們的面孔都沒有見過，亞美利加人啊，你們只用一秒鐘的時間，原子彈的輻射便把我們氣化爲零，把未說完的話切去，把未笑完的笑切去……我們今天聚此，爲你們作見證。告訴我們啊，是誰犯了主的訓諭？是誰犯了主的訓諭？

可是——

長崎的亡魂啊，也許你們也應該聽聽南京大屠殺無辜的死者向你們的同胞作見證，不只是南京啊，你們的同胞八年血洗中國，是八年，不是一夕，是東三省，蘆溝橋一直跨過大半個中國，不是一個兩個城而已！是百萬、千萬善良的中國人民，死於你們同胞瘋狂盲目的射殺，死於片瓦不留的焚城，死於活生生的醫藥試驗，死於變態的虐待狂的姦污，死於山洞戰壕的掘鑿與狠毒的鞭打，死於鮮血淋漓的刺刀……他（她）們的亡魂，有誰記得？他們可以向誰叫屈？你們的同胞可曾聚在中國，聽他們的見證？他們被毀滅了，沒有墓碑，沒有名字，連一個號碼也沒有，在許多人的記憶幕中，竟然沒有血染長江湘水的影像！沒有橫屍千里的悲傷！在許多人的記憶中，這些死亡好像未曾發生過！長崎的亡魂啊，這些，你們又可曾知道？你們的同胞又可曾知道？

七、雲仙雲仙

倒不是要學以前上海、香港、馬尼拉來避暑的富豪，實在是因爲已經到了長崎，而雲仙國立公園就在附近，不順道上山去看看是白不看，雖然雲仙確是一個很昂貴的遊覽區。其實我們來得並不是時候，據說最好是五月，遍山是一種樹形的山杜鵑花，在青松間紅透，又說秋天紅葉層叠多色，亦一絕景，冬天復有霧冰覆枝，淸脆琉璃云云，我們都無法看見。

我們從長崎的隧道出來，沿著千千石灣馳行上山的時候，並不覺得山樹有何好看，倒是千千石灣平靜如湖，灣邊泊著洒落有致的幾間草頂的屋宇，回首看海岬，隔著伸入海藍的數株松樹，總是有一條靜臥的小船，這不是因爲遠水無波，而是內海若平湖之故。有人說北齋的木刻，雪舟的一些畫都曾取材自唐津一帶和此間的風景，信然。

上雲仙，我們也不爲溫泉而興奮，因爲臺灣有的是溫泉，種類有淸有濁，出泉的環境亦不俗。上雲仙，倒是期望看到高山的植物和特異的地質的層變。上山路上的山樹確無甚可觀，但快到雲仙的時候，左面一大片水柏樹，右面一大片，森森密密，沉黑中透光比肩參天而直立。

像許多高入雲霄的孩童

手搭著手
輕輕的搖擺
律動著溪流
掃拂著雲片
讓鳥
如琴鍵
從此肩跳到
彼肩
高入雲霄的孩童
手搭著手
輕輕的搖擺著

八、地獄地獄

煙霧沸騰的一個谷口，泥漿的地面張著許多小嘴，或低低的呼喊，或噴吐著地心的熱漿、熱氣，煙霧裏隱約可以看見一塊判官牌上幾個怒目的黑字：八幡地獄。一條淡入地獄裏的小路召喚著我們。我們從旅舍出來的時候，乍雨初停，一大片雨霧溶入沸騰的煙氣裏，如此的濃，小路伸到那裏去，我們無從知道，我們一步一步遲疑地走入地獄的心臟地帶，聞著越來越重的硫磺味，忽而被近在足前的必必卜卜作響的噴漿所驚住，忽而被煙霧突然退去後焦色的奇岩所吸引，女兒蓁兒子灼好奇的蹲下，觀察大地生命的活躍，他們把附近的草葉摘下，放在「熱湯」上，一下子便煮黃了。我和妻則被霧散後露出的山谷上的青松所吸引，好挺俊多姿的青松，在熱騰騰的蒸氣裏，更加青翠，霧白松青，忽隱忽露。我們是地獄裏唯一的訪客，在煙霧與青松靜靜的演出裏，只覺得有一種異常的美，不覺得地獄的可怖。妻是愛看高山植物的人，在青松間她發現了樹形的山杜鵑，雖然已過了開花的季節，但仍然枝葉挺秀，帶著霧水的濕氣，淋漓欲滴，無限嫵媚。

突然，前頭煙霧離散處，有一個亭子的幢影，隱約間，一個老婦弓著身在沸騰的蒸氣裏移動。她是誰？她在地獄裏做什麼？如此想著的時候，我們也慢慢的移近，妻和女兒起先難免有一種自然反應的微微的慄動。待走近了，原來是一個利用熱氣煮鷄蛋的賣蛋婦。她操著歌唱似的九州的口音，滔滔不絕的對我們推售鷄蛋並介紹地獄，可惜我日語不通，只能欣賞她頓挫抑揚的音調，好一個淳樸的村婦。她好奇的問妻：妳的東京腔好聽，妳們一定很有教養。其實嘛，妻說，天曉得，她自己說的只是一口破日文，我們欣賞的倒是她直率自然毫無虛飾的悠揚的九州音。

由「八幡地獄」到「ぁ系地獄」到「大叫喚地獄」再穿過濃密涼蔭的松林、山杜鵑林而到衙天響的「清七地獄」都鋪有曲折高低廻環的「自然遊步道」，讓地獄的訪客在進出地獄與林木之間獲得最佳的視點和變化多端的角度，或俯臨、或仰觀、或注聽、或側聞、或左右拂煙而往，或突破蒸雲而出，每於高處，必有一亭而覽全景，旁邊有時又有卜卜作響的小噴口，可供人煮蛋而食。我們那天第三次造訪的時候便帶了生鷄蛋，讓孩子煮著玩，另有一番風味。

走著走著，我們彷彿忘記了「地獄」的名字，奇怪的是，這些駭人的憤怒的沸騰，雖然曾有人爲殉教而葬身此地，竟然沒有高度工業化的大城市那樣像地獄，竟然沒有幢幢的人影推磨著另一些幢幢的人影，榨壓著他們沒有色澤的血汗，起碼，這裏，在硫磺味之外，還有清澈的空氣，還有淋漓欲滴的松青，不似那些盲目的機器人吐放著要殘殺他們自己的另一種煙霧！扼殺了一切有生命的青色！

一九七八年夏

慶州行

這次去韓國古都慶州，一心要看新羅時代由唐朝傳入的佛敎藝術：廟宇、石壇、石塔、雕像、王陵、古墳和保存得甚爲完整的古拙村落、民房。我們很幸運，友人胡金銓正在那裏拍「空山靈雨」和「山中傳奇」兩部戲，爲了完全用眞境，（這兩部戲裏不用任何假造的屋宇和佈景。）曾花了數月，踏遍全南韓名山大川古寺，翻山涉水到罕有人跡的角落，尋出最道地的中國古代的亭臺樓閣和房舍，拍下了數千張的外景樣本，然後不辭勞苦，大隊人馬、機器，包括一大部發電機，翻山越嶺分鏡拍攝，我們到達那一天，他正在拍「空山靈雨」裏徐楓到藏經閣偷經的一節。金銓對於古代文化，由屋宇到衣裝都有深刻的研究，尤其是明代。在我們出發之前，有機會先看了這些傳神的外景樣本和兩部戲的劇照，使我們有了深度的感受，事先給了我們「藝術的眼睛」去觀賞這些古物。

我們在慶州三天，金銓派了專車每一分鐘每一小節都照拂到，使我們在一種完全放鬆的心境下，觀賞這些古跡。尤其令我們感動的石雋兄，這麼大的熱天，陪了我們整整三天，待我如多年至交。金銓、但漢章、徐楓在忙了一天拍片後，還帶我們去品嚐慶州純家鄉味人蔘鷄，最正宗的石頭火鍋、牛肉湯飯、松子粥和誰都不應避免的新鮮人蔘汁，好比要把他們在慶州半年來的觀察和感受在短短三天中完全傳給我們，現在想來，這三天確是濃郁的豐富。以下所記所寫，只是一些印象和感受，我無法在此重造金銓的鏡頭所攝取的十分之一。我對新羅的文化，只略知一二而已，所以亦無從作歷史的冥思。其實，最使我嚮往的倒不盡是帝王的遺跡，而是那些古拙的村莊和純樸的民風，因爲我們一回到空氣污染的漢城，便馬上有了對慶州的鄉愁與懷念。

出發：綠烟和雨暗山前⑴

世旭把我們送上往慶州的高速公路的車時候，一直爲不好的天氣抱歉著，其實下一些雨，洗去塵污和炎熱，正是我們所需要的。世旭是我們來韓國的關鍵，二十年前世旭來臺灣留學的時候，除了把自己融合在中國文學的潮流裏(他是近年唯一用中文寫詩而有相當知名度的韓國人)，便是熱切的把韓國文化介紹給我們。我最記得他爲我們打鼓舞躍朗唱的暢放飛揚的神情，在我後來接觸韓國文學的時候，時常想，這種舞唱是不是古代夫餘的「迎鼓祭」的延續，時常想，「公無渡河」中箜篌引的故事，有多少類似的悲慟的「鄉歌」在民間流唱。這是我們嚮往韓國文化之始。世旭邀了我們很多次，要親身帶我們體認這樸實而暢放的文化，我們也計畫了好多次都受到阻礙而未成行。這次終於來了，竟是雨季的開始。世旭如此爲天氣而抱歉著，而我，我則急欲從迷濛的雨中，捕捉一些山村的景色。

雨霧迷遠近
山川不可分
暗綠浮光裏
掩映屋似雲

出了烏烟瘴氣的漢城，一路上，除了偶而一些礙眼的廣告牌和電線桿以外，幾乎沒有工業汚染的瘡疣的建築，農村的平房仍是傳統的式樣，唯一的工業的痕跡，也許是疏疏落落的五顏六色的瓦代替了純樸的黑灰色的屋頂。但大部分的農舍都保持著古老的簡單的色澤，尤其是慶尙南道離開了高速公路洒落在山間谷口溪邊的小村，和國畫裏的沒有兩樣。我驚異於他們傳統的力量，如此成功地阻止了西洋建築的入侵；因爲路上我也看到新建的一個住宅區，用的都是上好的木材，裏面有現代的設備，但屋宇的外形，包括門上的雕花，都一絲不苟的依從傳統民房的樣色，最重要的，沒有俗氣的顏色，他們讓木頭和瓦片的原色作了全面的發揮。

雨過千山明，進入嶺南區的時候，層巒疊現，淋漓的樹葉輝閃著浴後的陽光，清溪裏有孩童們打水仗，田疇上有農婦用頭頂著新洗好的衣裳，穿過了垂楊的飛絮，我們駛入了泛著古代氣味的慶州。

天馬塚

石雋說，慶州是個小城，繞過這條街，我們便可以走入古代的胸懷。果然，穿過了一片俊美的松林，眼前便展開一組好高好大波浪似的綠油油的山丘，這些便是新羅皇帝皇族的陵墓，彷彿波浪因風變，大小起伏，另有一番律動，尤其是那瓢形墳，如那一起一伏的駱駝的雙峯，我們多希望騎上去，讓古代的振盪激發我們的幽思。

古代的振盪無聲地激發著我們的思路，多少神秘隱藏在這些結實的波浪下面？多少戰爭？多少英雄血淚？多少歷史從這些山頭掠過？那網著古老的泥土的草根，有多少是長自新羅開國的年代？唐高宗的蘇定文、新羅的武烈王曾否在此布陣合攻百濟？

像天馬塚內的飛馬，我們禁不住飛騰，騰入古新羅的幽玄裏，聽那金冠的搖響，腰佩的相擊，向慶州城外的古戰場。

山村之行

「空山靈雨」部分的場景選在離大路頗遠的山谷裏幾間建築特殊的民房，其一看來曾是逆旅或曾是書院，曲折廻環，從每一個角度看的空間層次都很美，這可能是素來講究用Camera eye多層變化來取藝術意味的金銓選用的原因吧。另一便是觀稼亭，木門和簷沿的雕花已剝落，有些木板已開始腐損，但建築樸實古絕，又高臨田野，亭旁老松盤結，坐在亭上，聽松濤偶發，想馬麟的聽松圖不過如此。谷口有一間幾乎是被棄了的類似土地公廟的小屋，看來比其他的房子還古舊，屋瓦上的青苔幾近灰藍，厚厚的時間的堆積。山谷的另一面，也有幾間被風雨塗成黑銅色的農舍，遙遙相對，置身其間，確實出塵脫俗。我想以後看到「空山靈雨」和「山中傳奇」的電影，情節以外，一角一景都會使我們咀嚼不盡，因爲我們曾親身品嚐到這些建築在這山村裏發放著的超脫的藝術意味。

我們把車子
歇在遠遠的大路
蕀蕀的銀杏的樹陰下
去聽那
忘却時間忘却
流動的水聲
彷彿我們已經跨過了
和熊熊的砲火
霍霍的武士刀
而甦醒在
松雲未掃的
磬聲裏
我們多希望在這裏遇見
為抹茶而披著千峯去汲水的寺僧
欲問……
問千古興亡事?

青山不語
空無的大寂裏
我們默默
點首

觀稼亭

東邊的草房裏
一陣木質與金屬的碰擊
忙了一天的耕具已休息
蟬兒把啞得不能再啞的聲響收住
暮靄和疲憊緩緩爬上
赭色泥味的胸膛
「請喝茶，請用飯」
揮映著溶溶夕陽的紗裙
移動著雕花的廊柱

「快來喝茶，快來用飯」
悠揚的叫喚，律動的細步
穿梭於雕花的廊柱
熊熊的炭火
終於
把夜
引出來了

月
不知在甚麼時候
在佛高枝滋滋的香味裏
升起
掛在斜飛的岩松間
照著山下
閃閃田水
蕪菁結穗

麥抽芽
我們倚著欄干
敞開衣襟
向晚風
我們用一杯炒米茶
把月色和脆荳
徐徐送下

當我們從觀稼亭下來的時候，山崗上，一棵極老的銀杏旁邊坐著一個安詳而笑貌似孩童的老人，石雋說，他每天就坐在那裏，像小孩子一樣，很高興人家給他東西吃，看著他安詳的樣子，時間頓然停住了。

田舍翁

像岩石一般的老

厚厚的苔綠上
你
一坐便坐了三、四百年
是雨後草葉的微香
令你雀躍如頑童？
是你紗袖的飄拂
令羣山隱隱活動？
悠悠的靜寂裏
翻飛不齊的落花
透寫著正午的明朗
狗連續的吠
吠你徐徐吐出的烟浪
那時你烟桿一揮
往崗下一指
（崗下隆隆的單調的抽水機
催人夢入遠方的迷霧）

彷彿對我這凝神的異鄉人說：
聽：來自遠古琴一樣冷的流泉
聽：岫雲的微顫裏
麋鹿松陰下睡臥的呼吸

而我啊
在一片快樂裏
措手不及
竟不知如何去擁抱
這凝固著的古逸的一刻

花郎精神的追蹤

慶州西面約二十公里松仙里的深谷裏，有一個名爲「上人岩」的地方，東南北三面巨岩屹立，據說這是古代花郎的修道場。花郎是新羅統一了三國（新羅、百濟、高句麗）以後一種理想人格的表徵，修養的方向可以用三句話來說明：「相磨以道義」，「相悅以歌樂」，「遊娛山川無遠不至」，用以磨鍊理想青年的理性、情緒和胸襟，作爲國家的中堅分子，他們貌美端正、品質高尚、忠君愛國、勇於氣節與正義而犧牲，同時要求從大自然的陶冶裏，開拓廣濶無礙的胸襟。花郎精神可以說是儒道佛三種思想的融滙，雖然當時主要的政教是佛儒的結合，精神的飛躍倒是根源道家的無礙思想。

金銓要找出這個花郎的修道場，作爲他戲裏一個場景，（至於他用這個修道場的象徵意義是什麼，我沒有去問。）但這個追尋的本身對我來說卻引起了不少的興嘆！

石雋、吳家駒，一個韓國製片人和翻譯一干人等，先帶我們去看了聞名的佛國寺以後，便開始追尋這個花郎的修道場，我們先向西飛馳，經過不少陵塚，向山間顚簸行進，走了一個多小時，沒有找著，問了兩個韓國的女子，她們上車來，帶著車子轉了一個圈，便下車去。山間有一種異常的孤寂，但不是去修道場的正路。車子向原來的方向開回去，再穿過慶州，再向東南方馳去，經過了古代的瞻星臺，經過了帝王用「曲水流觴」（已非中國蘭亭詩人與自然冥合的曲水流觴！）醉生夢死的鮑石亭，終於還是沒有找著。

沒有找著花郎的修道場，是一種偶然的錯誤呢？還是、還是代表著這個精神人格的消失？就是我們終於找到了那「上人岩」，坐在那裏，也只能作古代這種理想人格的追懷罷了。花郎精神在資本主義工業社會自我割據的時代裏還可以存在嗎？像慶州的「花郎之家」（全國精選青年訓練場），所接受的訓練，確實做到了「相磨以道義」「相悅以歌樂」「遊娛山川無遠不至」的理想人格嗎？據翻譯的小張告訴我，那些青年所受的只有政治敎育而已，古代的心性的陶冶怎可以在一個星期的軍紀訓練中完成？花郎的精神也許從此消失，那「上人岩」的修道場只是深山中的一塊沉寂的空地而已。

海印寺八萬大藏經

因爲交通不便，海印寺原不在我們預計的行程中，海印寺在慶尙南道的一個高山上，就車程的來回最少要六小時，如果你路不熟，在大邱市中迷途便會花上更多的時間。但海印寺的八萬大藏經的刻板實在是很難得的世界之寶，已經來到慶州了，不去看，便太可惜了，也許以後永遠看不到。金銓很幫忙，派了一輛車子，好幾個嚮導，翻山越嶺的往高山爬行，一路上的山村古樸雋美，水田之間有不少的淺水湖和清溪，雖是烈日當空，毫不覺炎熱，尤其是快到海印寺蛇行入山的路上，一片青松，宛轉在透明的水聲之間，頓然感到舒泰，疲倦盡去。

我們到下午四時半才抵達，寺院雄奇古絕，比聞名世界的佛國寺有過之而無不及。佛國寺原有的石基、石壇是很美麗的，但重建的廟宇風格和原有的石基完全脫節，一片花花綠綠的油彩和複雜的斗拱與石基的簡樸格格不入，從建築的立場來說，重建必須兼顧到原來的色調與風格。海印寺亦曾重建，但原來的木柱、斗拱的格式絲毫未變，尤其是藏經閣的部分，頗具古舊的意味。

我們看到了大藏經的刻板，急急的拍照留影，石雋在幾月前拍戲時來過，但也沒有細看，所以也急忙拍攝紀錄。不知是因爲我們是中國人還是別的緣分，那個主持和尙熱心的要爲我們介紹，但我們言語不通，終於要依賴我太太慈美的日語作翻譯。他滔滔不絕的告訴我們八萬大藏經刻板的經過。最早一次刻板在顯宗時代，當時藏於符仁寺，後遷都江華（一二三六年），爲蒙古兵全部焚毀，次年開始重刻，共費十六年時間，刻板八萬一千餘塊，簡稱爲「八萬大藏經」，藏海印寺至今。主持和尙後來還把藏經閣的一部分打開，（平常只能隔著窗看），讓我們細細的觀賞，刻板雖已披著塵土，但每一個字刻工之細，實非照相版可以媲美。我問他全部刻板有沒有拓印，他說十四年前拓印過一次，費時甚久，拓印本已不可得，我們有點失望，但也無可奈何，他好像頗了解我們長途跋涉的朝聖心境，從小屋裏拿了一本拓印本給我們看，眞好。臨行前他還是送了一張原來的拓印給我們，我們心中有無比的快樂，可謂不虛此行了。

彷彿你要問我：
君自唐土來
應知唐土事
拿著「如是我聞」的木刻
你問我

唐京的藏經閣
千層萬層
看不盡
銅質木質
金鑄銀鑄
可不是天竺無量的光明
攀天的塔婆，疊進的仰花
托獻著朝朝代代
永不斷續的瞻望
流麗的舍利
振奮著異人俠士的胸襟
宏大的文殊阿難
千里萬里
唐宋元明
鎮守著
玄奘晒經的聖跡……

我自唐土來
無緣親睹唐土的聖事
教我如何回答你啊
我只能說
東渡西渡
東土西土
三千里
為的是在異域
捕捉一點唐宋的遺影
在慶尚南道的最高峯
看過萬里雲山
自長安冉冉上升的日出

一九七八年七月二—八日

❶ 李朝李齊賢詩句。
❷ 李朝宋翼弼詩句。

第四輯

思懷・文化感受

給友人的兩封信

在無垠的白色裏

第一信　×月×日

××先生：

這怎麼也想不到這封信是從醫院發出的吧，而且是在手術以後。我實在是想給你一些可以登在海外專欄的東西，我心確是如此記掛著的。

離開臺灣那幾刻鐘，我有一種說不出的滿足。一心要回到自己的土地，替母校盡點力，我把十幾箱書和講義帶回去，開新課，每個同學挾著我帶回的書去啃，那種急欲獲得的激情就夠我安慰了。（至於我好心好意帶回去的書，後來出關竟受留難，現在不提了。一段對話倒是可以記下來。葉：內政部官人，我是爲了學生要學新東西才帶回來的呀，如此不方便，下次我就空手回來了。內政部：那更好。）還可以安慰的是，我寫了很多文章。我確是一廂情願的，好像「莫待無花」的樣子。我甘心去搾自己的時間，透支自己的精力，我當時不是沒有黑影的，那就是身體可能的變化；但在當時，我只知道那惱人的風濕，我作夢也沒有想到毛病出在胃裏——我的胃有名的鐵胃，未曾有過什麼驚人的變動的，沒想到，沒想到。

回來的第一個星期，剛剛摸出一些居所的頭緒，竟然吐血如虹，使我太太驚、怖、懼、慌，不一而足。到了急救室，那些像底片的事物的活動漸漸清澈，我是沒有死去。經過種種抽血（由鼻孔揷管入肚子裏抽血）檢驗，兇猛注血及其他針藥，還是沒有把血止住，就決定開刀了。（那時我已在無垠的白色裏，沒有時間，沒有邊緣，沒有浮動，沒有純清的聲音，宇宙不知在何處，我也不知在何處，或者，根本有沒有「我」這個東西。）但在無垠的黑暗裏，在受時間所輾刺的長夜，一個茫然而又焦急近於爆裂的女子——我的太太慈美，不知逡巡是何義，不知坐是何義，她只等著一個目標，那就是手術臺上的形體，忽然在白裏找著邊，在邊裏形成一些結構，在結構下注意到色度與苦痛——對慈美啊，那是好長的一個夜！

我也不必帶羞的說，是一把尿把我從無邊緣的白（啊或者黑）喚回來的。才知道兩面是高懸的針藥，才知道肚子切開過縫合過，才聽到那黑皮膚的護士說，我們要送你到病房去，你太太一直在那裏等著。

輪子轉動，上了電梯，出了電梯。一隻溫暖的手握著我死白的手，說，你好好休息，你已經好了……我又睡了過去……

××，我的胃割了三分之一，現在還在種種的痛楚中。

「回歸」的問題

第二信　×月×日

××：

我人已好多了，雖然還需一段時間的休息才可活動，才可以工作。（住在外國，要親身動手的事情太多了。）這段時間的大小事情都由我太太一人擔當，苦透了她，累透了她。

我人雖已好多了，情緒則並不開朗。這一年在臺灣給我的滿足實在是不少的，能在自己的、中國人羣中做事，大大小小的都是一種給與，一種獻出。在中國人羣中才有根的感覺。在中國的生活風格中，我的孩子才有中國人的感受；至少目前我們的女兒蓁在感受上就和在此地長大的中國孩子不同，這就是一年來臺灣的生活中國的人羣所給她的。……我在美國住了八年才回到臺灣來，就被一年的感受把我領回來了，可見其間內心中有多大的矛盾與衝突。所以我日來都在想「回歸」的問題，而且想得很深入，很迷。……

一九七一年十一月一日

在失去量度的距離裏

——梁實秋老師的懷念與思索

對距離量度突然的失去，我有些措手不及。我看到丘彥明有關梁實秋老師辭世的記事時，人在洛杉磯，在一個忙碌的學術會議之後，已經是十一月九日了。老師三日辭世，我九日知道，時間的差異，並沒有改變那空間的距離，是相同的無法量度、無法追踪。在老師身邊的梁太太與丘彥明，隨著老師三次的電擊急救，一閃，那距離便入了無限，近而又無窮的遠了。不知怎的，隔了一個洋，我竟覺得更遠更遠了，但又是如此的近。

近，是我用一種溫暖的記憶長年保護著的距離。在這些年裏，因爲自己的行程而在塵世上奔逐，在日而月、月而歲那樣循環奔逐之中，那溫暖的記憶是時近時遠，其中摻雜著一些快慰、一些懊悔、一些不安；因爲時近時遠，都是自己一手造成，是自己任時間放逐所致。說是時間停不住，我的舟不是完全不可以作多次的泊岸。

那一直用溫暖的記憶保護著的「近」，醞釀在臺大畢業之際，一九五九年。因爲我當年是僑生，畢業後，留下來呢還是不？那是一個關鍵的問題。我留下來，固然與我對臺灣的歸屬感和愛情有關，但當時老師建議和鼓勵我投考師大研究所更有某種決定性的意義。我再留下兩年，在我生命上起了重要的變化，除了我和臺灣這個土地結了不解緣之外，我在臺灣文學生命的全面展開，也在這個時候。

我去見梁實秋先生的時候，他還不是我的老師。我慕名而往，帶著一些不成熟的詩和現代主義的翻譯。他坦言對我當時的詩興趣不大，但極力要我去投考。這種不因異道而拒的開放精神，正是五四開拓出來最重要的傳統。略有涉獵三十年代的文學的人都知道，梁老師當年和魯迅的筆戰，可謂到水火不相容的地步，後來毛澤東點名要批判梁老師都與那次的筆戰有關。但我們看看梁老師在回顧中怎樣說魯迅的：

> 我首先聲明，我個人並不贊成把他的作品列為禁書。我生平最服膺伏爾德的一句話：「我不贊成你的話，但我拚死命擁護你說你的話的自由。」我對魯迅亦復如是。

他又說：「魯迅本來不是共產黨徒，也不是同路人，而且最初頗爲反對當時的左傾分子，因此與創造社的一班人齟齬……不要以爲魯迅自始卽是處心積慮的爲共產黨鋪路。那不是事實，他和共產黨本沒有關係，他是走投無路，最後逼上梁山。」梁老師甚至懷疑魯迅翻譯俄共的《文藝政策》，可能根本不是魯迅親筆翻的，因爲他不相信魯迅的譯筆有那樣壞，可能是共產黨文件硬要他具名而又無法推卻[1]。這是何等開闊的胸襟。堅守眞理，包容異己。他始終認爲應該把當年論戰的全部文字公諸於世。大陸的現代中國文學史只有梁老師的擇錄，臺灣的論著只有魯迅的擇錄，都是不對的。只有香港的壁華編了一本《魯迅與梁實秋論戰文選》（香港：天地圖書有限公司，一九七九年出版），還算能夠保存當時的面貌。

我在師大英語研究所兩年，跟老師修了莎士比亞和彌爾敦。他教莎士比亞是不帶評論的，而是逐字逐句的解說，務求每字每句都解釋到最清楚。我第一次的反應是有點失望。但過了些時候，對當時同學們的程度有了認識，覺得這可能還是最理想的。莎翁的劇原是要演出的，臺灣那時沒有演出的環境，更沒有演出莎劇的可能，也沒有莎翁劇的電影。逐字逐句的說明，學生才可以讓劇的聲音在他們的心中演出。一般學生是無法掌握莎翁特有的用字和句法的。

老師是從我的考卷中對我有所認識。我在考卷中把有關漢姆萊特爲什麼一直拖延他復仇的行動所有的研究作了一個綜合的批評，贏得老師特別的嘉許。

但在課外，我並不是經常出入他安東街寓所的學生，這也許和他當時的病有關。他那時已經有了糖尿病。我雖然很少在他家聆聽教誨，但我卻一直都有追讀老師和聞一多友誼開始到展開文藝論爭的重要著作。那個時候的論爭，人家往往只把它歸結爲「爲人生而藝術」和「爲藝術而藝術」或「普羅文學運動」（或階級性文學）與「超階級性的共同人性論」兩軸。事實上，梁老師本人雖然反對階級性的說法，卻從來沒有認定爲藝術而藝術之說。我這裏不打算做一個詳細的交代（這必須要另文處理），我只想指出：老師在五四新文學和文學理想、文學運動的整個長景中曾經扮演著一直影響至今的角色，而這個角色始終沒有全面的呈現。在臺灣，只有侯健的〈梁實秋與新月及其思想與主張〉（見其《從文學革命到革命文學》一書）有較完全的討論，即在這篇文章裏，由於不易把魯迅諸人的蛛絲馬跡毫不保留地同時呈現，仍然無法顯出老師在當時推動的文學思想的「歷史」意義。

在臺灣的讀者，大部分都不大知道老師在五四時期的巨大貢獻。他們只知道《雅舍小品》的繼續發揮；他們只知道《莎翁全集》的翻譯，他們也知道《英國文學史》的寫成和配合該書的《英國文學作品選》；也許更多人知道他編的字典。這些無疑是老師到臺灣後秉著學者純化美化民族文化意識的懷抱所作出的輝煌成績。但對現代中國文化意識的昇華來說，他前期的理論和理論發出當時的文學環境的全面認識將更重要。這是我對報刊和出版界最急切的期許。

在這個脈絡下，我想提出老師另一件未完成的工作，那便是《聞一多傳》下册。

誰都知道聞一多與梁老師早期共處共勵的密切關係。寫聞一多，沒有任何人可以掠過梁老師的書信文字而進行的。我們從《聞一多全集》事略中大量引錄他們之間的書信可以看出來。但梁老師寫完上册便沒有繼續寫了。此事我在西雅圖見到他時曾問過他。他說，當時的政治氣候有些困難。他又說：處理聞一多遇刺案的法官仍在世，並曾設法阻止上册的出版，下册的資料只好留待日後。據我所知，下册寫的重點根本不在聞一多的死的問題，雖然老師掌握有全部的資料，而是聞一多停詩筆後做中國文學研究的理想和抱負。

一九八三年（？），顏元叔請梁老師夫婦在財神飯店吃飯，請了我和慈美作陪。我們談得很愉快，他並給了我很多的鼓勵。我重提《聞一多傳》下册的事。他說太可惜了，他本來和許芥昱約好見面，要把資料給他，因爲他已有聞一多的英文論著，不料沒有見到面，許氏卻罹難先去了。當時還談了許多文壇的事，很興奮，很快慰，我也就沒有再往《聞一多傳》的事追索去。

近、遠、遠、近。突然間，這已經不是身體的距離了。老師的逝去，我這個晚期的學生固然有無限的痛傷。但這痛傷也同時是他許多早期的學生的。但人爲的距離一隔便是四十年了。這痛傷也是民族的。試想，如果沒有這人爲的距離，老師的文學理想和他留在大陸的學生（有不少被文革整垮了，有些帶著殘生而努力欲重建），不知會開出多美好的前景。如果不是三十年毛式政治的阻撓所引發學術在大陸的停頓，他的學生，也許同時是我們的學生的老師，不是隔岸各自傷懷，而可能共創出眞正有力的新文化。如果不是人爲的距離，老師的莎士比亞和他後輩卞之琳和吳興華的莎士比亞，也許會溶成更理想的振葉開花屬於中國的莎士比亞，並同時打開詩劇的運動。這，是另一種無法量度的距離。

一九八七年十一月二十四日

❶ 兩段話均出自〈關於魯迅〉，《梁實秋論文學》，時報出版社（一九七八），頁五七二、五七四。

今夜，我不要睡

保羅：

我三月二十六日從三藩市出差回到聖地牙哥的家，因爲慈美此刻在臺北侍奉病中的母親，而蓁已成家、灼已工作在外，下意識地，我第一件事便趕到電話旁，看看慈美或孩子們有沒有在錄話機上留話。沒料到，把錄話機打開，聽到的是歐梵的聲音，以沈重而簡單的話告訴我你在二十二日心臟病突發已經離開這個世界了。

當時，我心中一緊，一時並沒有馬上被悲痛擊倒，因爲我不相信，或者說，我還不能接受這個消息是事實。我馬上給華苓撥電話，傳來的竟是你清徹的聲音：「我們現在無法來接電話，請留話。」如此親切和熟識的聲音，三十年來我每年總會聽到一二次的聲音，仍然是那樣沉雄瀏亮，我便更不能相信更不能接受你已經離去的事實。放下電話，腦子空空茫茫空空蕩蕩的，竟然不知悲痛爲何物，就這樣空茫空白了些許片刻，突然，一個巨大黑旋風似的力量襲來，我瞿然驚覺橫刀一割：話留人不留，一切已經太遲了。我無限的懊惱，我還來得及見你一面嗎？等到我和華苓接上話的時候，才發現，在你用錄話機回應我的時候，你已經在一片悲苦中沒入黑暗裏了。我無限的懊惱，我回來得太遲了。

我懊惱，甚至恨自己，總是沒有掌握著一切的機緣，一次兩次的讓我們相聚的機會溜走。才去年吧，我雖然安排了你和華苓來演講，就是爲了一點點交通上的困難，我沒有努力去解決，結果相聚落了空。而你，總是用那樣寬宏爽朗的語氣來安慰我：不用愁，我們明年準會再來的。就這樣，我失去了一次相聚的機會。那次，我是打算以現身說法，傾訴你對我、對散布在世界每一個角落的作家所全心奉獻出來的愛心與持護。對我來說，你不但是我文學生命轉機的舵手、我文學生命成長的衞護，而且也是《現代中國詩》的助產士和宣揚者。不只是我文學生命和《現代中國詩》的推動者，而且也是無數其他國家一些作者的文學生命和他們作品的演出者。

今夜，像昨日下午我在電話裏聽到的清澈、沈雄、瀏亮、親切的聲音那樣，我要再一次細細聆聽你從一九六二年以來耐心地、慈祥地、充滿關懷地向我發出過的聲音。是的，我相信，像華苓一樣，你仍然在我們的身邊。對我來說，你的離去，就像詩與音樂之神奧菲爾斯那樣，只是把肉身化作山川樹木，讓整個宇宙世界充滿著抒情的樂音。而我們，在東岸、在西岸、在臺灣、在香港、在中國大陸、在日本、在韓國、在印度、在星馬、在非洲、在波蘭……就是你的山川樹木，你高昂而細緻的抒情的樂音。

今夜，我不要睡。我要把你從一九六二年以來給我的信一一打開，再一次聆聽你充滿著愛與關懷的聲音，去聆聽這些我和慈美一生無法忘記的聲音。

你還記得嗎？是在一九六一年十二月間，我自臺灣取得英國文學碩士回到香港教書一年之後，我在一家香港政府津貼的中學教英文，受盡了種種歧視、奴役和不平等的待遇。因爲教的不是我有興趣或可以發揮專長的課，心情非常沮喪低沈。我當時一面打算回臺灣，因爲那裏有支持我的詩友和師長，一面把我年來試寫的英文詩和碩士論文一章寄給你，看看有沒有進修的機會。沒想到你迅速的給我回信，用了超過我應得的讚語來鼓舞我，安慰我，希望我能在最大的安穩中尋索和發展詩美的世界：

「你的信、詩、論艾略特收到了。我一口氣看完，我很喜歡，並馬上轉給其他的同事看。我們很樂意請你到愛荷華『創作工作坊』來……你放心，我會盡最大的力量……我們喜歡你的作品，我會努力去爭取錢……」（一九六二、一、十五）「如果亞洲基金會行不通，我會找別的途徑」（一九六二、三、廿五）「不要沮喪……我很高興為你張羅」（一九六二、五、十二）「替我祝福你夫人早日安產，你夫人和卽將來臨的孩子會陪伴你同來？」（一九六二、六、十四）

幾首尚不十分成熟的詩，一篇猶待開發的論文，一個剛出道的小詩人，竟得到你如此有力的激勵與關注，這是多大的鼓舞啊，我又如何能怠慢不前呢。

慈美最記得你的慈祥、細心和體貼。因爲你，像一個怕孩子著寒的母親一樣，在我們的生活小節上，處處叮嚀，怕我們沒有在外國居住的經驗，經常替我們作適當的安排。而你，還爲了慈美出境的困難（當時政府規定先生必須要在出國兩年後才有資格申請太太出境），親身到臺北去協商、張羅；又怕慈美語言不通，還特別找人翻譯，同時還專程去看剛出生的蓁。就是爲了我得到最大的安定、無後顧之憂地潛心寫作和翻譯六十年代臺灣的現代詩，你爲我寫信、奔波：

××：我這封信是請求你幫忙葉太太和她的女兒取得美國入境的簽證……葉先生延長一年的停留是為了完成一個非常有意義的計畫：編譯一本大陸以外重要的詩作。他現在已譯完一百頁，全書約二百餘頁。他同時正在撰寫一篇有關中詩英譯問題相當重要的文字，另加詩人小評，是一本極重要的書……這工作極其艱巨，如能讓葉太太取得簽證來，他便能專注將之早日完成……（一九六三、九、十八）

你這種全心的關注，確實爲我奠定了日後繼續翻譯、創作、研究和發展比較詩學理論的工作環境與基礎。你這種完全無我無私、心力全然傾出的協助，又何止於我一人呢。世界上幾乎每一個角落，你都曾像待我一樣關注無數年輕的作家。這，我知道，都是因著你對文學大同世界得以無阻交談這一個信念。事實上，爲了把國界完全泯滅，由早期的詩、小說、翻譯「工作坊」到後來你和華苓共同建立的「國際作家工作坊」，你都是那樣百折不撓地，排除萬難，務求找到那些應該參與交談的作家能夠突出重圍來相會。譬如無故被臺灣當局囚禁的陳映眞，你要出錢出力請當地的律師爲他辯護。譬如你和華苓到北京，和當局協商、理論，要把重要的作家請到「國際作家工作坊」來交談。我還記得，你和華苓在一九七九年發動把兩岸分隔了三十年的作家請到愛荷華初會所給大家的興奮和希望。陳世驤教授很早之前在信上曾經對你對我說過：「看看葉的《現代中國詩》的出版，愁予、葉珊在這方面的努力，和你不斷邀來臺灣和香港的年輕作家，我覺得，如果中國詩有一天也出現了新的『文藝復興』，你的推動將是最主要原因之一。」（一九六九、八、廿）如果陳老師沒有英年早逝，他必會來與兩岸作家相會，而他也必會，像我們一樣，說：「你是兩岸隔離三十年後文學再走向統一的催生者。」事實確是如此，成績已赫然在目，任何有關你文學大同世界的撰寫都無法略過而不提。

說到催生，我最難忘的，是你爲《現代中國詩選》(*Modern Chinese Poetry: 20 Poets from the Republic of China*) 所付出的時間與心力。從一九六三年我開始翻譯，到一九六九年十二月該書被正式接受出版，你不停地爲我寫信協商，找亞洲協會協助，安排 Texas Quarterly 選樣先登出一部分，其間 Texas University Press 因爲財務上的困難，由拖延而到取消出版的計畫，將近有兩年的緊張和不安，你不但不嫌麻煩，用最耐心、最適當的話語來爲我打氣，給我安慰，使得該書在相當大的壓力和挫折之下，衝破難關，完成出版。在這個期間，我其實已經離開了愛荷華，在普林斯頓大學寫我那本《龐德的國泰集》，後來又轉到加州大學任教。但你在安排其他作家的百忙中，對我，仿似未曾離開一樣，書信頻繁的督促。書出版時，你還在紐約爲此開了一個大型的慶祝會。這種種，除了你對我特別的關懷與愛護之外，我想，在最深處，是出自你對詩、文學創作有著無法量度的愛；在最深處，是你對文學所觸動的超國界的人性的光華有著不可動搖的理念；在最深處，是你對文學大同世界最後必然建立的堅定信仰。

保羅，離去的只是那塵軀。你，正如我前面所說的，如詩與音樂之神奧菲爾斯一樣，已經化作永遠歌唱的山川樹木。你對文學的愛，你對超國界人性光華的理念，你對文學大同世界的堅持，在我們的身上，你身化後的山川樹木，將永遠在世界各地歌唱。我也許不會再給你寫信了，但我們所寫的一字、一詩、一文，也都是你和我們之間相通的信息。你將永遠陪伴著我們在這個文學世界中穿行歌唱。

一九九一年三月二十六日

「原版」的意義

叢書命名為「原版」，這個靈感來自臺北的街頭；臺北的街頭，原版太少了。我們張眼看出去，那裏不是翻版的文化！翻版書、翻版衣裝、飾物、器皿、翻版音樂、翻版舞蹈，就連以食的文化稱雄的城市，竟也充斥著數不盡的翻版食物，我們看見的漢堡、可樂，只不過是浮在水面上的冰山而已。中文不是「蟹行文字」，但細讀一些中文的作品，隱約間竟也廻響著不少異國的奇音。這個現象，繼電腦革命之後，繼影印革命之後，氣燄更盛，現代不少作品，雖不「全錄」他人牙慧，亦有八九了。

我們這樣說，也不是說：洋必歪，土必正。翻版，洋的、土的都不宜。我們無意否定西方的東西；事實上，五四以來，我們的生活，我們的文化都已經襲用了不少外國的東西。他山之石，可以攻錯；外來的滋養，一樣可以助長新苗。五四以來，它們也激發過很多次新聲新姿的高潮，作品都能別出心裁，奪人耳目。只要作者能出之於誠、入之於心，他的作品，受些外來的滋養，有時容或未盡圓融，但必能以獨特的面貌出現。在六〇年代時，甚至發展到人人不同、篇篇不同；有不少詩人要「語不驚人死不休」。但不同中，我們還需要感到一股屬於中國文化獨有的氣脈運行其間，要本土的滋養、外來的滋養化成一片生機。這，我們叫做創造；要這樣，我們才稱得上推陳出新，不落俗套。

但最近臺北的街頭所讀到的、所看到的、所聽到的，常覺有一種強烈的翻來翻去的印象。翻版，翻洋的固然不好，翻本土已有的則更糟。近年有不少作品，如果把作者的名字蓋住，很難猜得出它是何人的手筆，裏面廻響著太多似曾相識的聲音與姿態。這種現象，文學與繪畫都已直追電影的後塵。中國電影，除了很少數有「藝術意識」的低票房作品以外，一向仰賴我們那羣品味猶待薰陶的觀衆，常把一些眼淚精緻化，把相同的庸俗的愛情故事改頭換面的演出，爲了爭取觀衆的喜愛，甚至亂改歷史事實。

不過，如果觀衆、讀者的品味下降，那麼編導、編輯是不是有責任協助他們作某種提昇呢？你會說：當然。我會說：當然。如果你問他們，他們也會說：當然。但事實上，現代中國有太多的編導、編輯，不但沒有使品味昇華，而且還反過來，粗製濫造，不斷翻版所謂「軟性的」、「濃情蜜意」，引帶著觀衆、讀者成天浮遊在永遠不成長的夢的世界裏，間接地戕害了不少活潑潑的具有創意的心靈。藝術，便一而再、再而三地犧牲在消費主義至上的棒下。

就在這種幾乎被翻版文化現象掩埋之際，我得到一個機會去提供一些新聲新姿出版爲創作叢書。我覺得此時此際，最重要的，莫過於重新建立「原版」的觀念。但，正如我前面提到的，「原版」並不是要頑強地抗拒外來的滋養。原版之爲原版，除了要把外來的滋養化入自己的氣脈外，我們還必需在攝取及呈現經驗上貼近生活的根鬚，觸及歷史變動的機樞，只有這樣，才能各具其聲，各出其貌。

一九七六年十月三十一日

附錄一　「中國文學的前途」討論會講詞

今次中國作家能夠從世界各地聚合在這裏（愛荷華城），對中國文學的前途作開放的討論，無疑是一件極有意義的事。這次聚會也許可以成爲我們已經期待了太久太久的文化統一的開端。我們——住在中國兩個區域的同胞——雖然被分隔和沉默了三十年，我們的交往交談雖然被一些我們的意志無法掌握的事件所切斷，雖然我們這次只是初會，可是，我們並非陌路人，我們不僅血緣相親，而且心的底層裏有著相同的憂慮和瞻望，憂慮中國在十九世紀以來外族強權的侵擊下潰滅，瞻望我們共同的努力可以復活一個新的文化中國，尤其是可以和唐宋相提並論的強大的文藝新中國。

現在，讓我用上月北京出版的《當代》上發刊詞裏的呼籲做一個開端。發刊詞裏說「特別要打破『條條框框』……希望題材多樣化，主題思想也多樣化，凡有積極意義，藝術技巧又有一定成就，各種風格的作品我們都採納。文藝作品第一要求思想性，這是毫無疑義的，但決不能忽視藝術性，藝術作品總要有藝術；標語口號式的作品，即使思想上站得住，而藝術上很差，那樣的作品，我們一定不取。」這些編輯們勇敢地向現行的一種控制形式作了公開的挑戰。多少年來，作家們的意志受了無理的支配而被迫像艾青散文詩中的蟬那樣，單調地反覆地唱著同一個調子。

用開放的態度接受主題和風格的多樣化，這個呼籲和五四運動的基本精神——新文化運動的根力——是完全相應合的。我們記得，五四運動對中國傳統的離棄和西方思想形態和理論的認領，最初原是設法把中國人民從迫他們「割地讓權」的西方霸權和本土的專制君主這雙重控制形式中解放出來。所以「自由」「開放」的胸懷，是新思想、新經驗、新藝術形式得以再生的先決條件。誠然，不少作家，在離棄傳統和攝取西方新質的過程中，曾犯了錯誤，讓某些不合中國文化精神的西方公式，篡奪了中國文化的位置，這些錯誤我們必須設法匡正，但我們得記著，在匡正或正風的過程中，我們絕不能違逆五四的精神，把另一種控制的形式來支配作家。

要充分了解我們創作的泉源——一九一九年以來社會經濟繁複變化中活生生的經驗，要充分了解很多中國知識分子對傳統和西方兩種文化模子衝突和調協時所持的「既愛猶恨說恨還愛」的情意結，首要的，便是以全然開放的胸懷，掌握它們在其間全面衍化生成持續的歷史意識，明白每一個文化事件，每一個創作的行爲，各適其式地，生根在歷史、生根在美學傳統裏的多樣化；

我們絕不能夠把這些事件和作品（過去的和現在的）一概只投射入一種、只一種單面的歷史的透視裏，來作偏差的肯定和否定。

是通過了這種接受全面歷史性的開放胸懷，我們才能夠明確地指出本土文化和外來文化的傳統裏，何者只是瞬息卽變化消失，何者和本土文化的大視野保持著恒常的持續性；只有如此，我們才能希望在西潮的狂擊下重建傳統中某些美學上的感應表達形態作爲我們創作的活泉，才可以「同時」從文人作品裏和以前被忽略了的民間創作裏肯定中國民族的原質根性。在攝取西方文化的初期，傳統的美學立場和中國民族的原質根性都曾受到嚴重的威脅。由於西方列強帶來了毀滅性的壓迫，亡國的恐懼和無法形容的辱國，作家們，戰戰兢兢的、缺乏信念的，甚至帶著恥辱地踏上歷史的戰場，彷彿神聖不可侵犯的光榮的中國如今縮減爲衆人嘲辱的侏儒，彷彿所有精純的文學藝術的作品只不過是野蠻的表達！但是，如果我們把每一件創作和文化事件放入更大的歷史整體裏，放在我們文化特質從古到今從本土到外國歷年來有力的成長和變化的全面空間和時序裏，我們便會對自己傳統的美學形態重新獲得信念，重新發現其生命所在。現只舉一例，那些被早期中國現代作家視爲「閑靜」「無爲」的美學立場（譬如傾向於天人合一之說的）卻成爲現代美國作家行動和創作的新泉源，這些美國作家又從中國「親密社羣」的觀念中學習，學習其中所重視的「獻出」而不重視「己得」，學習如何消除「自我」求取社會和諧與自然並作，了解人在這種合作互惠的默契裏可以盡量發揮其才能而無損於同胞和其他存在物的原性。

在過去幾年中，我曾數度呼籲，把被三十年來的不幸事件所切斷的歷史整體性的意識喚起。二十多年來，許多年輕的作家和讀者，都無法讀到五四以來許多重要的文學作品和相關的資料。在一方，他們的觀點被無數的「條條框框」所支配而受到歪曲；在另一方，三、四十年代的作品根本不得一見，它們都被鎖在看守得很嚴密的一兩個圖書館裏，有時還有「有目無書」的現象。正如陳映眞有一次所說的：「中國對我來說，只是那麼一張地圖」，一張地圖，有骨骼而無血肉的地圖，因爲血緣，因爲活生生的歷史持續感已經中斷了。我寫詩以來，很幸運的，曾有機會接觸過過去六十年來的每一個階段的作品而享受了某種程度的持續感，而且曾無阻地受過聞一多、卞之琳、艾青、臧克家、馮至、辛笛、穆旦、袁可嘉、吳興華……等的啓廸。我極其重視這種歷史的整體性和持續感，我認爲所有的中國作家都應該有這個接觸的機會，而且希望接觸的範圍更深廣更完全。

一個新的文化的誕生一向是很艱苦的，種種苦楚和絞痛，種種試煉和錯誤，但我們不必怕，像艾青詩中農民深沉的耐性，中國的文化特質會繼續生存，會充沛著活力和律動地再生。但要這些美學的文化的特質，中國民族的原性生根、發芽、開花，我們必須設法共同努力促成歷史整體性意識的發生，用接受多樣主題、風格甚至意識形態的開放胸懷，來保存每個個別作家原有的才華。

蕭乾先生最近在他作品選的序裏說，我們需要一張地圖去旅行才有收穫，我可以同意他的說法，假如那張地圖是充溢著各式各樣的人物、地方所有歷史衍化的資料的話。

我們還要記著下面的一點：海峽兩邊的作家可以互相學習，分享他們藝術上的發現，從三十年來的試煉、錯誤的反顧和警告中學習。在此，對現代中國兩方分道揚鑣的意識形態，我無意置評。但在文藝創作上來說（在此由於時間的關係，讓我冒著「過於簡化」的險，但不重此輕彼的概略說明，細節可以在會中討論），我們可以說，一方，由於大中國被切斷所引起的命運的游離不定，作家們試圖肯定另一種現實（包括主觀主義）作爲生存的理由，在形式上，在表達藝術技巧上變得多樣而詭奇，有相當的成就，雖然亦有人走入極端的「唯我論」。另一方，冒著簡化表達程序的險，爲了對付外侮，肯定了根深於本土文化的視覺，從中國人民基層組合分子的實質生活和意識形態中重現了相當顯著的民族的原質根性。在我看來，兩方可以互爲更正，互爲補短而達致一種穩固地豐富而不會歪曲本土視界的新文化的綜合。

讓我用近作中的一段詩作結：

睡眠
在白日的岩層下
暗水一樣的滲流
不知晝夜

多少里
多少山巒
多少城鎮
憂傷
在歷史垂天的黑影下
無聲無形的馳行
不知南北
多少年月
多少戰爭
多少死亡
暗水
在白日的
　　岩層下
摸索著
　　一個
出口

一九七九年九月

附錄二

給蕭乾的信

蕭乾先生：

我已經很久沒有這樣澎湃激動，在我去愛荷華之前，雖然我有一種洶湧的情緒，但我不知道我們能否交談，我只是三、四十年代放逐在外無人認知的兒子，你，你是叱咤風雲創造了躍騰的三、四十年代的宿將，我確實不知道我們能否交談，沒想到，我們才初會，便可以毫無阻隔的，衝破一切時間的鐵蒺藜，撥開一切曾經加諸我們身上的顧慮和疑懼，在鬱結重重的森林中找到一塊廣濶的空地，那怕是一刻鐘的時間，只一刻鐘，便足以激響我們共同默默地守護經年的洪鐘，在霜降後發散著微瀾的溫暖。

我回到加州以後，一直就想給你寫信，告訴你，你帶給我縈繞不絕的民族的激盪，不是因爲你說了什麼微言大義，你沒有，不是因爲我的話我的想法受到你的接受你的認定，我事實上也沒有什麼特別的話，這些都是無關重要的，而是，當你踏入華苓的家中，那一刻似乎完全是超越的，純粹的，多少天候的突變，多少人爲的災難，像那生機曾經受阻的一顆小小的種子，在冬眠了二、三十年以後，忽然以最純然最活潑的本樣衝土而出；又彷彿是冷藏的微焰，用最低最低的能量持續著，忽得冰解而發亮，你，用了深沉的忍耐，用了沉默的翅翼，把中國的苦難小心地裏護著，十年、二十年，爲著我們日夜瞻望著的中國的再生。

是的，是這個相同的瞻望使我愁腸鬱結，傷痛如焚及至惘然若失，是這個相同的憂懷使我馳行在破碎的現代和躍騰的三、四十年代之間，追尋一個引向這個再生的信息，高天的孤獨裏，是這個瞻望支撐著我，使我不致衰萎沉落……

是這個相同的瞻望，你我竟可以除卻歲月、年紀和時間，是這個相同的瞻望，你我摒除了加諸我們身上的不相關的語言和意識形態的累贅，以清澈透明的語言相應相和著，爲了那也許已經冉冉再生的中國。

我很久沒有這樣激盪，當你，跨過一切變幻和災難，彷彿三十年來的事情都未曾發生過似的，用了三、四十年代的躍騰的心和語言來會我，使我有一種歸家的感受，推心置腹的，以一種愛心來流露你沉默的翅翼裏護了二、三十年的中國苦難的信息。而你啊，像一個偉大的母親，生怕那流露的信息會傷及那尚未成長的新兒的幼心，用那樣細心、溫暖、保護的語氣給我說那些苦難中的種種……每一句話我都記著，每一句話裏的震撼和震撼裏你發散著的護衞的溫暖，那中國民族的溫暖我都記著。那些苦難終會過去的，像你臨別說的，我們握手，讓手中的溫暖把那冬眠已很久的種子催生，讓我們的握手持護著整體的中國。

葉維廉

一九七九年九月二十八日

附錄三

詩之邊緣

——談葉維廉的散文集

洛　夫

詩人寫的散文，通常不外乎兩種風格，或者說兩種不同的語言，一種是一般習見的散文，語言清晰，敍事暢曉；一種是詩的散文，其語言特徵在於以意象代替敍述，除了在整個結構上仍是知性的，仍遵循邏輯的句法形成一種架構外，往往還大量運用暗喩和象徵的技巧。然而，當我們讀葉維廉的散文時，卻很難以這兩種風格或語言來界定他的文體，因爲他在散文中分別運用了這兩種不同的語言。換言之，他散文的特性是文中有詩、詩中有文，在精神上，二者合一，在語言上，其功能又各自不同。這種情況猶如中國國畫中的題詩，就藝術的整體性而言，詩與畫融爲一體，但如果把題詩拿掉，仍不失爲一幅完整的畫，這可說是中國藝術一項神奇的特性。

其實，葉維廉很早就具有追求這種連體式的綜合藝術的傾向。記得十幾年前他即與李泰祥等人在臺北中山堂舉辦過一次詩、音樂、舞蹈等綜合藝術的演出，當時這一演出可說是臺灣文學和藝術界的一項創舉，在現代藝術新奇感的刺激下，觀眾反應極爲熱烈。但事後我們冷靜分析，發現這是一種爲成全整體而必須犧牲個體的藝術，其中的音樂與舞蹈由於訴諸聽覺與視覺，而能產生直接迅速的效果，且兩者本身具有強烈的排他性，故在演出時仍能保持各自的獨立性，但詩則不然，因爲詩必須透過語言來表現，在觀眾的反應上就慢了一步。因此在這演出中，葉維廉的詩，其個性與生命完全被音樂與舞蹈所消滅。這或許就是這種綜合藝術僅止於實驗，而無法繼續發展的原因。

不同媒體的藝術既然在一綜合的形式中會產生相尅的反效果，但同一性質的媒體——如詩與散文的語言——是否可以同時呈現呢？這在葉維廉來說，答案是肯定的，他的文學連體嬰《萬里風煙》，就是一個相當成功的實例。這是一種詩與散文並置而不悖的新形式，不論在詩壇上，或散文圈內，他這種形式都是獨一無二的。

就內容而言，譬如〈海線山線〉一系列的散文，〈兒時追憶〉和〈思懷〉之外，其餘的篇幅，都是作者近年來旅遊中外名勝古蹟，尋幽探勝的遊記，而這些篇章全都出自前述的那種詩與散文交互呈現的連體形式，其中〈古都的殘面〉、〈飄浮著花園的城市〉等諸篇，詩的比重尤大，幾有喧賓奪主之勢。讀這些散文時，有時竟會生出一種異樣的感覺，這就是說，讀這些散文彷佛像讀詩，而讀其中的詩時，卻又像在看畫——一幅幅的中國潑墨山水，如〈千岩萬壑路不定〉

一文中最後一段中的詩句：

夾道宛轉
累累粉紅水蜜桃
數里松風相邀
山開溪露
樹斷成橋
涉裳水中武陵
拂袖星裏夢境
四五茅亭
清茶靜坐好逍遙
山菜野禽
沖雲長瀑月來照

大體而言，葉維廉的文學理論、詩和散文，三者都有相互貫通的脈絡。也許可以這麼說，他的詩與散文實際上是他理論的兩個面貌，這兩個面貌縱然各具特色，但內在的生命與氣韻則是一致的。

葉維廉的文學中心觀念是「去知存眞」，也正是道家一脈相承的美學傳統。老子說：「吾所以有大患者，爲吾有身。」此身不僅是一具穿衣吃飯的皮囊，是一有形的欄柵，柵住了我們那顆活潑自在的心，同時也暗指我們那無形的意念與慾望。不論是有形或無形的，此一欄柵多爲後天的人爲因素（知性的過度擴張）所造成，當我們面對自然時，這些人爲因素便顯得極爲脆弱，虛僞，微不足道。是以葉維廉的藝術創作觀特別重視「返璞歸眞」，重視「原始經驗」的再現。同時他鑒於我們的日常語言，遠比我們的實際經驗來得單純而有限，無法眞實而完整地表現出世界的原貌，故他主張詩人應學習中國古典詩中那種不言而喻的表現方法，盡量排除那些分析性和演繹性的形式邏輯關係（包括詩中的人稱、連結詞、時態等），俾得以保存事物與經驗的純粹性（有關葉氏理論可參閱他的近著《飲之太和》）。

葉維廉可說是一位相當執拗的自然主義者，他毫不保留地把他的文學觀貫徹於他的詩與散文中。關於這一點，我們可從他的一篇形同散文詩的短文〈四四方方的生活曲曲折折的自然〉中窺其端倪。他在這篇文章中指出了「心爲形役」的困境，他表示：人爲了求解脫，希望「走出箱子一樣的房間，脫下箱子一樣的鞋子，拆下繩索一般的領帶，鬆開繩索一般的髮夾，把身體從一個無形的罐頭裏抽出來……」。這是第一層的形而下的掙扎，似乎人人可爲，但我們走出房間之後，身體仍是一個箱子，脫了鞋子之後，腳仍然那麼笨重，領帶拿下之後，脖子仍然那麼僵硬，

「因爲我們的心靈也是一個方方正正的箱子」。我們如何能拆散這個方方正正的心靈的箱子，以求得第二層形而上的掙脫呢？

葉維廉認爲，唯一紓解之道是學習自然，投身自然，而他心中的自然，實際上就是一活潑美好的生命：

河流不方不正，隨物賦形，曲得美，彎得絶，曲曲折折，直是一種舞蹈。

……

樹枝長長短短，或倒吊成鈎，或繞石成抱，樹樹相異，季季爭奇，其為物也多姿。

風，翻轉騰躍，遇水水則興波，遇柳柳則盪迎，遇草草則微動，遇松松則長嘯。

雲飛天動星移月轉，或象或兎或鳥或羊或耳目或手足或高舉如泉或翻滾如浪或四散如花如棋。

則山，則笨重的山啊也是「凝固了的波浪」

着着都是舞躍，無數的曲線，緩急動靜起伏高低，莫不自然。

這是一篇闡揚道家思想，近乎自然主義宣言的文章，在旨趣上，與我多年前所寫的一首詩〈裸奔〉頗有不謀而合之處。〈裸奔〉是寫一個人由如何形成，到如何次第捨棄有形的衣飾、肌膚、骨肉和無形的情慾、意念、精神，而終於把自己「提升爲一種可長可短可剛可柔或雲或霧亦隱亦顯似有似無亦虛亦實之赤裸」的過程。我與葉維廉所追求的都是一種絕對的、極終的解脫，所不同的是最後葉維廉爲勞勞人生提供了一個方向——皈依自然，而我只在這首詩的結尾提出一個暗示：

他狂奔
向一片洶湧而來的鐘聲……

在此處，鐘聲就是一種警惕，一個呼喚，一聲促使徹悟的棒喝。這是詩的手法，也是禪的機鋒，而葉維廉在〈四四方方的生活曲曲折折的自然〉一文中所運用的則是散文的手法，表達的則是道的信念。

〈海線山線〉這一系列的散文中主要部分雖屬遊記，卻又不是一般報導式的紀遊文學，宜乎稱之爲一種精神的、文化的和歷史的導遊，其中的境界，正如他在〈卡斯提爾的西班牙〉一文中寫他在西班牙邊境乘火車穿越一片空無的褐色平原時所產生的心境一樣：「這確是一種奇異的空靈，一種時間、歷史、生命的激盪……。」事實上他的散文，也正是他把個人生命整體投入大自然後所激起的波浪，有時是漣漪微漾，有時又是波濤壯闊，更多的是水波平靜後在陽光下呈現的一片瀲灩，讀後所激起的反應無不是對自然的驚喜與崇敬。例如在〈千岩萬壑路不定〉一文中他寫道：

「千岩萬壑路不定，峯迷峯現，如一頁頁的綠浪百步九折的翻轉，雲無心而飄過，染峯翠而著青，竟也澹澹欲滴。突然，彷似天開而列缺，妻說：你看！好比霹靂崩摧，眼前現出難以想像的岩石的一道夾縫！上無以極目，下無以見底，好狹長筆直的裂口，乾淨俐落，後面陽光晶亮，另有山水另有天，清澈易見。」

葉維廉的散文筆法偶爾帶有蘇東坡的韻味，但對自然的描寫則不僅限於外在的景觀，卻是向廣袤而律動的自然景色，茫茫的宇宙洪荒，以及由歷史與文化交織成的異國精神層面，撒下一片感覺的網。他以心靈去感應這些豐富，而不用頭腦去探索這些繁複，或分析評價這些歷史與文化在時間遞嬗中所發生的變異。顯然，他藉著詩與散文的連體形式，透露出自然中某些永恒的信息。但有趣的是，在同一篇文章中，有時當他覺得寫散文比較得心應手，便利用散文形式，有時當他覺得散文語言在表達上力有不勝時，便利用詩的意象，把對景物的感受具體而鮮活地呈現在讀者眼前。譬如〈古都的殘面〉中的第四節：「麋鹿和孩童的奈良」，全部就是以詩的形式來表現。

葉維廉的詩，在幅度上通常都很長，句子的展開如簷滴，如扇面，如濺射的水花，如一匹蒼茫的夜色，如鬱鬱勃勃的森林，而不可多見的是三五句的精緻小品，倒是在〈古都的殘面〉這篇文章中，竟然出現一首暗示性強烈，卻不爲作者本人承認的小詩：

啊
才到了唇邊
便已成岩石
每一塊黑岩啊
都是一聲叫喊

這是作者遊日本信州高原，途中訪問「鬼押出し園」所見一大片火山爆發後的黑岩時，信手拈來的詩句。據作者說：原來一百年前，這片黑岩下面是一個百多戶人家的村莊，在火山爆發的一夜之間，村民全部被活埋在岩石之下。他得悉這段悲劇歷史，內心在一陣驚懼下頓時浮現出這兩段詩句，作者認爲這是一首不完整的詩，我倒覺得這五行已足以表現他當時驚呼無聲而耳旁彷彿又響起一群亡魂在嘶喊的那種迷惑心境，著墨不多，但含義卻很豐富。

滄海叢刊書目㈠

國學類

中國學術思想史論叢㈠～㈧	錢　穆　著
現代中國學術論衡	錢　穆　著
兩漢經學今古文平義	錢　穆　著
宋代理學三書隨劄	錢　穆　著
論語體認	姚式川　著
西漢經學源流	王葆玹　著
文字聲韻論叢	陳新雄　著
楚辭綜論	徐志嘯　著

哲學類

國父道德言論類輯	陳立夫　著
文化哲學講錄㈠～㈤	鄔昆如　著
哲學與思想	王曉波　著
內心悅樂之源泉	吳經熊　著
知識、理性與生命	孫寶琛　著
語言哲學	劉福增　著
哲學演講錄	吳　怡　著
後設倫理學之基本問題	黃慧英　著
日本近代哲學思想史	江日新　譯
比較哲學與文化㈠㈡	吳　森　著
從西方哲學到禪佛教——哲學與宗教一集	傅偉勳　著
批判的繼承與創造的發展——哲學與宗教二集	傅偉勳　著
「文化中國」與中國文化——哲學與宗教三集	傅偉勳　著
從創造的詮釋學到大乘佛學——哲學與宗教四集	傅偉勳　著
中國哲學與懷德海	東海大學哲學研究所主編
人生十論	錢　穆　著
湖上閒思錄	錢　穆　著
晚學盲言(上)(下)	錢　穆　著
愛的哲學	蘇昌美　著
是與非	張身華　譯

邁向未來的哲學思考	項退結 著
逍遙的莊子	吳 怡 著
莊子新注（內篇）	陳冠學 著
莊子的生命哲學	葉海煙 著
墨子的哲學方法	鍾友聯 著
韓非子析論	謝雲飛 著
韓非子的哲學	王邦雄 著
法家哲學	姚蒸民 著
中國法家哲學	王讚源 著
二程學管見	張永儁 著
王陽明——中國十六世紀的唯心主義哲學家	張君勱著、江日新譯
王船山人性史哲學之研究	林安梧 著
西洋百位哲學家	鄔昆如 著
西洋哲學十二講	鄔昆如 著
希臘哲學趣談	鄔昆如 著
中世哲學趣談	鄔昆如 著
近代哲學趣談	鄔昆如 著
現代哲學趣談	鄔昆如 著
現代哲學述評(一)	傅佩榮編譯
中國十九世紀思想史(上)(下)	韋政通 著
存有・意識與實踐——熊十力體用哲學之詮釋與重建	林安梧 著
先秦諸子論叢	唐端正 著
先秦諸子論叢(續編)	唐端正 著
周易與儒道墨	張立文 著
孔學漫談	余家菊 著
中國近代新學的展開	張立文 著
哲學與思想——胡秋原選集第二卷	胡秋原 著
從哲學的觀點看	關子尹 著
中國死亡智慧	鄭曉江 著

宗教類

天人之際	李杏邨 著
佛學研究	周中一 著
佛學思想新論	楊惠南 著

現代佛學原理　　鄭金德　著
絕對與圓融——佛教思想論集　　霍韜晦　著
佛學研究指南　　關世謙　譯
當代學人談佛教　　楊惠南編著
從傳統到現代——佛教倫理與現代社會　　傅偉勳主編
簡明佛學概論　　于凌波譯註
修多羅頌歌　　陳慧劍　著
禪話　　周中一　著
佛家哲理通析　　陳沛然　著
唯識三論今詮　　于凌波　著

自然科學類

異時空裡的知識追逐
——科學史與科學哲學論文集　　傅大為　著

應用科學類

壽而康講座　　胡佩鏘　著

社會科學類

中國古代游藝史
——樂舞百戲與社會生活之研究　　李建民　著
憲法論叢　　鄭彥棻　著
憲法論集　　林紀東　著
國家論　　薩孟武　譯
中國歷代政治得失　　錢　穆　著
先秦政治思想史　　梁啓超原著、賈馥茗標點
當代中國與民主　　周陽山　著
釣魚政治學　　鄭赤琰　著
政治與文化　　吳俊才　著
世界局勢與中國文化　　錢　穆　著
海峽兩岸社會之比較　　蔡文輝　著
印度文化十八篇　　糜文開　著
美國的公民教育　　陳光輝　譯
美國社會與美國華僑　　蔡文輝　著
文化與教育　　錢　穆　著
開放社會的教育　　葉學志　著

大眾傳播的挑戰　石永貴 著
傳播研究補白　彭家發 著
「時代」的經驗　汪琪、彭家發 著
書法心理學　高尚仁 著
清代科舉　劉兆璸 著
排外與中國政治　廖光生 著
中國文化路向問題的新檢討　勞思光 著
立足臺灣，關懷大陸　韋政通 著
開放的多元化社會　楊國樞 著
臺灣人口與社會發展　李文朗 著
財經文存　王作榮 著
財經時論　楊道淮 著

史地類

古史地理論叢　錢穆 著
歷史與文化論叢　錢穆 著
中國史學發微　錢穆 著
中國歷史研究法　錢穆 著
中國歷史精神　錢穆 著
憂患與史學　杜維運 著
與西方史家論中國史學　杜維運 著
清代史學與史家　杜維運 著
中西古代史學比較　杜維運 著
歷史與人物　吳相湘 著
共產國際與中國革命　郭恒鈺 著
抗日戰史論集　劉鳳翰 著
盧溝橋事變　李雲漢 著
歷史講演集　張玉法 著
老臺灣　陳冠學 著
臺灣史與臺灣人　王曉波 著
變調的馬賽曲　蔡百銓 譯
黃帝　錢穆 著
孔子傳　錢穆 著
宋儒風範　董金裕 著
增訂弘一大師年譜　林子青 著
精忠岳飛傳　李安 著

唐玄奘三藏傳史彙編	釋光中 編
一顆永不殞落的巨星	釋光中 著
新亞遺鐸	錢穆 著
困勉強狷八十年	陶百川 著
我的創造・倡建與服務	陳立夫 著
我生之旅	方治 著

語文類

文學與音律	謝雲飛 著
中國文字學	潘重規 著
中國聲韻學	潘重規、陳紹棠 著
詩經研讀指導	裴普賢 著
莊子及其文學	黃錦鋐 著
離騷九歌九章淺釋	繆天華 著
陶淵明評論	李辰冬 著
鍾嶸詩歌美學	羅立乾 著
杜甫作品繫年	李辰冬 著
唐宋詩詞選——詩選之部	巴壺天 編
唐宋詩詞選——詞選之部	巴壺天 編
清眞詞研究	王支洪 著
苕華詞與人間詞話述評	王宗樂 著
元曲六大家	應裕康、王忠林 著
四說論叢	羅盤 著
紅樓夢的文學價值	羅德湛 著
紅樓夢與中華文化	周汝昌 著
紅樓夢研究	王關仕 著
中國文學論叢	錢穆 著
牛李黨爭與唐代文學	傅錫壬 著
迦陵談詩二集	葉嘉瑩 著
西洋兒童文學史	葉詠琍 著
一九八四	George Orwell原著、劉紹銘 譯
文學原理	趙滋蕃 著
文學新論	李辰冬 著
分析文學	陳啓佑 著
解讀現代・後現代——文化空間與生活空間的思索	葉維廉 著

中西文學關係研究	王潤華 著
魯迅小說新論	王潤華 著
比較文學的墾拓在臺灣	古添洪、陳慧樺主編
從比較神話到文學	古添洪、陳慧樺主編
神話卽文學	陳炳良等譯
現代文學評論	亞菁 著
現代散文新風貌	楊昌年 著
現代散文欣賞	鄭明娳 著
實用文纂	姜超嶽 著
增訂江皋集	吳俊升 著
孟武自選文集	薩孟武 著
藍天白雲集	梁容若 著
野草詞	韋瀚章 著
野草詞總集	韋瀚章 著
李韶歌詞集	李韶 著
石頭的研究	戴天 著
留不住的航渡	葉維廉 著
三十年詩	葉維廉 著
寫作是藝術	張秀亞 著
讀書與生活	琦君 著
文開隨筆	糜文開 著
印度文學歷代名著選(上)(下)	糜文開編譯
城市筆記	也斯 著
歐羅巴的蘆笛	葉維廉 著
移向成熟的年齡——1987～1992詩	葉維廉 著
一個中國的海	葉維廉 著
尋索：藝術與人生	葉維廉 著
山外有山	李英豪 著
知識之劍	陳鼎環 著
還鄉夢的幻滅	賴景瑚 著
葫蘆・再見	鄭明娳 著
大地之歌	大地詩社 編
往日旋律	幼柏 著
鼓瑟集	幼柏 著
耕心散文集	耕心 著
女兵自傳	謝冰瑩 著

美術類

滄海美術叢書